T0094978

Нигилистка

Nigilistka

SOFYA KOVALEVSKAYA

Нигилистка

Nigilistka

Introduced by
Natasha Kolchevska

The Modern Language Association of America
New York   2001

© 2001 by The Modern Language Association of America
85 Broad Street, New York, New York 10004
www.mla.org

All rights reserved. MLA and the MODERN LANGUAGE ASSOCIATION are trademarks owned by the Modern Language Association of America. To request permission to reprint material from MLA book publications, please inquire at permissions@mla.org.

To order MLA publications, visit www.mla.org/books. For wholesale and international orders, see www.mla.org/bookstore-orders.

The MLA office is located on the island known as Mannahatta (Manhattan) in Lenapehoking, the homeland of the Lenape people. The MLA pays respect to the original stewards of this land and to the diverse and vibrant Native communities that continue to thrive in New York City.

Cover illustration: *Kursistka* [Woman College Student], 1881, by Nikolai Yaroshenko (1846–98). Courtesy of the Kaluga Regional Art Museum

Texts and Translations 8
ISSN 1079-252X

POD 2024 (first printing)

Library of Congress Cataloging-in-Publication Data

Kovalevskaia, S. V. (Sof'ia Vasil'evna), 1850-1891.
    [Nigilistka] /Sofya Kovalevskaya; introduced by Natasha Kolchevska
        p. cm. — (Texts and translations. Texts ISSN 1079-252X; 8
    Includes bibliographical references.
    ISBN 978-0-87352-789-7 (pbk.)
    I. Title. II. Series.
PG3467.K637   N5   2001
891.73'3—dc21   2001030816

TABLE OF CONTENTS

Acknowledgments
vii

Introduction
ix

Short Bibliography of Works
by and about Sofya Kovalevskaya
xxxvii

Suggestions for Further Reading
xxxix

About the Text
xli

Нигилистка
1

ACKNOWLEDGMENTS

First and foremost, I would like to thank Mary F. Zirin, who served invaluably as reader and critic. I would also like to thank my student Joan Saberhagen, who first brought Kovalevskaya's literary work to my attention, and to Michael Katz, for graciously suggesting that I submit *Нигилистка* to the MLA Texts and Translations series. Susanne Baackmann, Melissa Bokovoy, Ann Hibner Koblitz, Lorraine Piroux, and Jane Slaughter helped me turn earlier drafts of the introduction into a readable essay that contextualizes Kovalevskaya's novella. Thanks also to Dilyara Doyanova for her proofreading of the Russian annotations and to Vladimir Chudnov for his help in obtaining the right to reproduce N. Yaroshenko's painting on the cover of this book. Finally, I would like to thank the editor of the MLA Texts and Translation series, Martha Evans, for her unflagging support; Michael Kandel, the MLA's excellent copy editor, for his many stylistic suggestions; the editorial board for their confidence in me; and the anonymous readers for their helpful and knowledgeable comments.

INTRODUCTION

Background

The life, career, and writings of Sofya Vasilevna Kovalevskaya (born Sofya Korvin-Krukovskaya in 1850, died 1891), the author of *Нигилистка*, exemplify many of the hopes and disappointments of Russians of her generation, her class, and her gender. She was born into a family of landed nobility (дворянство) on the eve of the period in Russian history known as эра великих реформ, which lasted from the end of the Crimean War and Tsar Nicholas I's death in 1855 until Alexander II's assassination in 1881. Kovalevskaya was simultaneously a product of her milieu, a beneficiary of the greater opportunities that opened up for women, and a casualty of the often unsatisfactory nature of those opportunities. She was a pioneering mathematician whose achievements were widely acclaimed throughout Europe and Russia long before her death at the age of forty-one. Yet the obstacles that this talented and driven woman faced in both her professional and private lives reveal the complexities women faced when entering traditionally male-dominated institutions during the second half of the nineteenth century in Russia and western Europe. Kovalevskaya's turn late in her short life to literary pursuits similarly underlines the importance of two other interests that played an important role in her life as well as in the lives of many men and women of her generation: the commitment to social activism and self-determination for women and the belief in literature as an explicator and essential "guide to life," in the formulation of the major driving force behind that view, Nikolay Chernyshevsky (see Paperno, esp. ch. 1).

In a comprehensive biography of Kovalevskaya, Ann Hibner Koblitz sees in her subject a unique "convergence of lives"—scientific, social, and literary—but the notion of convergence can be broadly applied to the whole generation of Russian women and men who matured in the 1860s. These шестидесятники integrated and expanded the changes initiated by Alexander II into something that was less a cohesive political program than a cultural ethos for their generation, a collection of practices that served as much as a mode of self-definition as it did as a means to redress Russia's social ills and material backwardness. Unlike the more philosophically and aesthetically oriented idealists of the previous generation of Russian intelligentsia, Kovalevskaya's peers were not content merely to chronicle and analyze those ills. Rather, they sought to create a new culture that would result in major, wide-ranging changes in the life of Russia's long-neglected underclasses—the peasants and increasingly, by the 1880s, the urban working class. While a repeated and widely articulated goal for Kovalevskaya's generation was the formation of a more representative and civic-minded society in the period following the emancipation of the serfs in 1861, there was also a more radical component to this ethos. Not unlike the avant-garde left in postrevolutionary Russia (or their American analogues in the 1960s), Russia's нигилисты, as they came to be called by the early 1860s, wanted no less than the transformation of all aspects of life, from political institutions to domestic relations and customs to modes of dress and behavior.

As the two generational antipodes Pavel Kirsanov (1840s) and Evgeny Bazarov (1860s) illustrate so tellingly in Ivan Turgenev's *Отцы и дети*, one of the defining novels of the period, education was no longer viewed as an adjunct to gentility or good breeding or as a vehicle of moral indoctrination; instead it was seen as a tool for creating activists who would lead the fight to improve the plight of the masses. It is no accident that Turgenev made Bazarov a doctor, for the intellectual explosion of the 1860s focused on the natural sciences as the dominant paradigm for intellectual endeavor. Such men and women of education and action would serve Russia most effectively as it moved toward reform and progress. In the minds of Kovalevskaya's generation, Russia's future would be driven by its scientific achievements. Young Russians, no longer only from the gentry and aristocracy, streamed to natural science curricula in Russian universities and dominated the press with their positivist, empiricist, and scientist writings. Intellectuals' preoccupation with science did not appear in a vacuum. Acknowledging that the national shame of losing the Crimean War had been caused by Russia's technological disadvantages, the tsarist government made scientific education a priority beginning with the secondary schools. The early years of Alexander II's reign saw an enormous expansion of both university facilities and curricula.

New disciplines were introduced into the course of study, a post-graduate system was initiated in 1863, laboratories were founded, research institutes flourished, and tremendous advances were made in the biological sciences, especially physiology [. . .], in mathematics [. . .], in chemistry [. . .], and in the earth sciences like geology. [. . .] In this climate of discovery and possibility, science was not the only source of enlightenment, but it was regarded as the highest form of intellectual accomplishment, as Russia celebrated what it needed and was beginning to know.

(McReynolds and Popkin 82–83)

The government's drive to expand higher education and open it to larger segments of the Russian population was extended to women only reluctantly and erratically, however. Despite initial attempts in the late 1850s to allow women to matriculate in institutions of higher education, as the ties between greater educational opportunities for women and social activism became apparent and therefore threatening to the authorities, a decree was issued in 1863 specifically barring women from attending such institutions. It was not until the early 1870s that parallel institutions known as высшие женские курсы appeared, but even into the 1880s their existence was tenuous and they were often subject to government closure. Before that time, women impatient for the prospects of a higher education went abroad, most often to Switzerland or Germany, to pursue a university education. In the 1860s, these were well-off women from the gentry, which constituted only three percent of Russia's population at the time. Since unmarried Russian women could not obtain passports for travel abroad, the фиктивный брак, based on a mutual bond not of love but of shared dedication to improving women's access to education, was born. Sofya Korvin-Krukovskaya was among the first to avail herself of that ruse, finding a spiritual brother, a young paleontologist and supporter of women's right to self-determination, Vladimir Kovalevsky, to marry her. Over her parents' strenuous objections, the couple married in 1868 and left soon thereafter for Heidelberg. Initially, Sofya Kovalevskaya intended to study medicine but soon switched to mathematics.

Throughout the second half of the nineteenth century, there were two main, often overlapping forums for social, literary, and political discourse in Russian public life. One was the толстый журнал, a uniquely Russian form that combined literature, literary criticism, social commentary, and articles on the natural sciences; it attracted some of Russia's greatest writers and social thinkers to its pages as contributors and readers. The second was the Russian realist novel, and to a lesser extent its shorter variant, the novella. Both genres were often first published in thick journals, and this configuration of forum and genre allowed the realist novel and novella to take the lead in reconfiguring the writer's role with respect to society in late empire Russia. Beginning with Turgenev's *Отцы и дети* (published in 1862) and Chernyshevsky's *Что делать?* (published one year later), not only the novel but the author himself (and it was predominantly male authors) came to play a far more significant role in determining the major discourses of Russian public life. As Irina Paperno describes in her study of Chernyshevsky's impact, for writers and other potential leaders in the transformation of Russia's social consciousness, this role "entailed a deliberate psychological self-organization in which one's private personality, one's psychic life itself, was shaped to conform to a historical mold. For Chernyshevsky, this was an essential, if not the most important, part of the vocation of the writer" (37-38).

In their heyday, from 1860 to 1880, the novel and the novella took the lead in provoking debate and molding the contours of public opinion on myriad social issues. Not the least of these concerned the role of women in public as well as domestic life. Literature's place in these discussions was twofold: to represent life as realistically as possible but also to present readers with models for living that they would then incorporate into their own lives. Paperno observes that "the literary model possess[ed] a remarkable power to organize the actual life of the reader" (9). Russian culture had never had a strong inclination to allow writers to remain solely in the literary realm. Writers of every ideological bias, supported by their often eagerly complicit readers, imposed their authority on the world beyond the page, justifying such intrusions by citing the urgent need to correct Russia's backwardness. Moreover, this conflation of literature and life, of art and activism, often drove writers to dispense with the conventions governing literary genres, and many works of this period present heterogeneous amalgams of genres, languages, and styles whose literary merits are only now being acknowledged.[1]

Although she did not come to creative writing until the late 1880s, the author of *Нигилистка* (Kovalevskaya's only completed work of fiction) similarly puts her imagination, experience, and memory into concrete form by writing a tale that crosses generic and stylistic boundaries. Like other writers of her generation, she uses literary types to embody and explore potential ways of being and acting in the Russian context. In *Нигилистка*, Kovalevskaya brings together in hybridized fictional form autobiographical elements—details of her childhood, education, and social goals—and a character study of a socioliterary type, the idealistic young gentry woman who leaves behind the comforts of home and family to find autonomy and at the same time serve the radical cause. Cognizant of more than one variation on this type, Kovalevskaya splits her heroine into two figures, the narrator and the нигилистка, to explore two generationally demarcated variations on her theme. The author thereby creates a narrative space to include a number of other discourses that testify to her own multiple positions in the text and the world. Kovalevskaya exists both as narrator of her imagined tale and as the renowned scientist and worldly woman who figures in this tale. By engaging with both worlds, the author-narrator establishes authority over her text while simultaneously exercising the right to incorporate any factual material she finds necessary for her narrative, and it is in this conjunction of document and fiction that the strength of her narrative lies.

Biography

There is little question that Sofya Kovalevskaya was one of the leading European intellectuals of her generation.[2] By the time of her death, she had left her mark in the public consciousness of Russia and Europe through a series of firsts. She and her friend Yulya Lermontova were among the first women to enroll at European universities (in Heidelberg); Kovalevskaya was the first European woman to receive a doctorate in mathematics, summa cum laude at the age of twenty-four, from the University of Göttingen. She was the first nineteenth-century European woman to hold a tenured teaching appointment in mathematics, at the University of Stockholm. She was also the first female member of the Russian Academy of Sciences.[3] From 1884, she was the first woman to serve on the editorial board of one of Europe's leading scientific journals, *Acta Mathematica*, and in 1888 she received the prestigious Bordin Prize from the French Academy for a groundbreaking solution to a problem in mathematical physics. These honors were insufficient, however, to secure for Kovalevskaya a university teaching position in Russia, where laws forbade women from teaching in higher educational institutions, including the высшие женские курсы in Saint Petersburg, where they could supervise laboratories or classrooms but were barred as regular faculty members. Frustrated by the barriers she repeatedly encountered when applying for university teaching positions, for a good part of the 1880s Kovalevskaya commuted between the academic worlds of western Europe and the urban salons and country estates of Russia. In 1883, she left Russia to assume a regular faculty position at the University of Stockholm. Toward the end of her years in Sweden, Kovalevskaya finally found a modicum of stability and peace and picked up the pen. In 1891, she died in Stockholm from complications of a bronchial infection.

Much of what we know about Kovalevskaya's childhood, her family, and her budding interest in mathematics, social justice, and literature comes from her childhood memoir, *Воспоминания детства*, written in those last years. Born in Moscow into a prosperous and reasonably well educated gentry family, Kovalevskaya was the middle child of Lieutenant General Vasily Vasilevich Korvin-Krukovsky and Elizaveta Fyodorovna Shubert. Aware that the pending emancipation of the serfs would require a more active management of his properties, Kovalevskaya's father retired from active service in 1858 and moved the family to Palibino, the extensive family estate in western Russia.

Kovalevskaya lived there until her departure for Europe in 1868, her winters typically spent in Saint Petersburg (spending the winter season in one of Russia's two "capitals," Moscow or Saint Petersburg, was considered de rigueur among prerevolutionary gentry families).

From an early age, Sofya Kovalevskaya showed a remarkable aptitude for mathematics: she recounts the first inkling of that talent—a temporary shortage of wallpaper for the walls of her nursery that forced the family to paper them with

> лист[ами] литографированных лекций [Профессора Михаила] Остроградского о дифференциальном и интегральном исчислении. [. . .] Листы эти, испещренные странными, непонятными формулами, скоро обратили на себя мое внимание. Я помню, как я в детстве проводила целые часы перед этой таинственной стеной, пытаясь разобрать хоть отдельные фразы и найти порядок, в котором листы должны бы следовать друг за другом.
>
> (*Воспоминания детства* 71–72)

Initially, Kovalevskaya's conservative father was unwilling to allow his daughter to pursue formal studies in mathematics, but he relented after the evidence of his daughter's talents provided by a perceptive uncle and a dedicated tutor became overwhelming. The precocious mathematician's passion for her subject also played a role in swaying her authoritarian but, in her account, lovable father. As she breezily observes in recalling her family, "oftentimes the children reeducated the parents" (Koblitz 43).

In her memoir, Kovalevskaya traces both her commitment to social causes and her literary interests to the influence of her sister, Anyuta, seven years older, who had decided at an early age to become a revolutionary and a writer. By the age of twenty-one, Anyuta had published two stories in Fyodor Dostoevsky's thick journal, Эпоха. Beyond an often intense but loving sibling rivalry and an early proclivity for storytelling, in their adult lives the two sisters shared a strong desire to liberate themselves from their comfortable, patriarchal family to pursue their educational and literary interests abroad and to identify more active roles for themselves in changing Russian society. It is unlikely that either one alone could have escaped from parental oppression. Together, in 1867, they began searching for suitable "suitors," that is, men who shared their commitment to women's rights and education. The younger sister's marriage in 1868 to Vladimir Kovalevsky enabled her not only to leave Russia to pursue her studies in Heidelberg but also, under the guise of familial devotion, to bring her sister to Europe as well.

Heidelberg was but the first stop in academic venues for Kovalevskaya over the next six years—Berlin and Zurich among them—both with and without her husband. As Sofya's letters to Vladimir vividly reveal, her marriage was initially based on ideological principles and later merged with more traditionally romantic ones. Unsatisfactory for both partners, it was a complicated affair. Sofya received her doctorate in 1874 but returned to Russia when neither she nor her husband could find academic positions abroad. The couple spent the next five years in Russia, jointly and independently pursuing a variety of academic and business enterprises, almost all of which came to naught, virtually her entire inheritance spent on one ill-considered, utopian business or journalistic enterprise after another. A daughter, also named Sofya, was born in 1878. Well-connected through her mother's family and her own undeniable achievements, Kovalevskaya moved easily through Saint Petersburg's and Moscow's literary and scientific salons. Nonetheless, she continued to search for a suitable position abroad. Although the Kovalevskys were never officially divorced, their marriage dissolved in early 1881. That same year, Sofya went to Berlin, to renew her work in mathematics after a seven-year hiatus in Russia. Two years later, her husband ran up major debts, was implicated in a major oil-company scandal, and committed suicide.

Thus, at the age of thirty-three, Sofya Kovalevskaya found herself a widow. Her new status was actually an improvement on her earlier ambiguous marriage, socially if not economically (since she had a five-year-old daughter to support). Also, she was finally a top candidate for a teaching position at the University of Stockholm. After six months as an untenured and unpaid privatdocent, in the summer of 1884 she was officially appointed professor of mathematics, the only woman in Europe to hold a university-level teaching post at that time. Despite the social and linguistic difficulties she experienced adjusting to her new life, the years she spent in Sweden were her most productive in terms of both professional and social recognition. Her ambition and talents, however, seemed to intimidate people wherever she lived—the Swedish playwright August Strindberg declared about Kovalevskaya that "a female professor [is] a monstrosity" (Koblitz 230). Strindberg's misogynistic dictum aside, she was comparatively well received in Stockholm's cultural and scientific circles. During the last two years of her life, Kovalevskaya cowrote a socially conscious play with Anna Carlotta Leffler, a Swedish friend and colleague.

Just as during her formative years she had been deeply involved with many of Russia's leading intellectual and social pacesetters, she became acquainted with many of Sweden's writers at a period of rapid development for letters in that nation.

A combination of factors—the stability of a genuine academic position, her sister's death in 1887, the appearance of a new love in her life,[4] and, probably most important, a need for social action (or was it self-examination?) that had been unfulfilled in the effort to establish herself in an academic career—brought Sofya to take up writing in 1888. The last three years of her life were the most productive for her literary creativity.

Нигилистка

At her death, Kovalevskaya left behind a relatively small body of literary and journalistic writings alongside the studies in theoretical mathematics for which she had become widely known throughout Europe in her lifetime.[5] An effective merging of creative impulse and social purpose, *Нигилистка* is the last and longest of her fictional works and the only one to be completed. The unusual conjunction of mathematics and literary interests appeared quite natural to Kovalevskaya, as she wrote to a friend in the fall of 1890:

> Я понимаю, что вас так удивляет, что я могу заниматься зараз и литературой и математикой. Многие, которым никогда не представлялось случая более узнать математику, смешивают ее с арифметикой и считают ее наукой сухой и aride [in French in the original]. В сущности, это же

наука, требующая наиболее фантазии, и один из первых математиков нашего столетия говорит совершенно верно, что нельзя быть математиком, не будучи в то же время и поэтом в душе. Только, разумеется, чтобы понять верность этого определения, надо отказаться от старого предрассудка, что поэт должен что-то сочинять несуществующее, что фантазия и вымысел — это одно и то же. Мне кажется, что поэт должен видеть то, чего не видят другие, видеть глубже других. И это же должен и математик.

(*Воспоминания и письма* 311)

It is curious that the author of a work provocatively titled *Нигилистка* does not link her art with social action in this passage, especially since Kovalevskaya herself had a reputation as a nihilist. Indeed, she was turned down for a professorship at Helsinki University because of that reputation (Koblitz 155), and recent historians have characterized her as a "real-life example of a 'Bazarova,'" namely, a spiritual sister to Turgenev's nihilist hero, Bazarov (McReynolds and Popkin 82).

The figure of the нигилист plays a central role in postemancipation intellectual and social life in Russia and is a recurring type in the fiction of that period. The term had been in circulation earlier in the nineteenth century, but once Bazarov declared in *Отцы и дети* that he believed in nothing (*nihil*), it became a widely (mis)used term for radicals of the 1860s. It is plausible that Kovalevskaya, familiar with the spin that journalists and writers of her generation had put on the figure of the nihilist, was seeking to illuminate the changing meanings of that term for younger radicals. Initially, it signified an aggregate of attitudes that had less to do with social transformation than with personal growth. Nihilists of the 1860s came from the well-educated members of the gentry, like Kovalevskaya, but also from the small but growing numbers of men and women of lesser ranks, the разночинцы. Though of varying social backgrounds, this generation set out to educate itself (preferably in the sciences), to acquire the necessary tools to improve conditions of life and work in Russia, and thereby to create a critical mass of "critically thinking individuals," to borrow Abbott Gleason's phrase, who would take the lead role in defining and remedying Russia's ills. The emphasis, then, for this first generation of nihilists, was on individual growth and education. As Gleason has written in his study of Russian radicalism of this period, "Nihilist attitudes always involved a strong belief in the unfettering of the individual, a *personal* revolt against societal standards that were regarded as backward and oppressive" (71).

Thus the retrospective narrative of *Нигилистка* (written in 1890-91), which spans a period from the late 1850s to 1874, can be read as Kovalevskaya's attempt to recover and understand the often complex relationship of that first generation, the young men and women of the 1860s, with its successors. Although the narrator, who is easily identified with Kovalevskaya herself, is only slightly older than her heroine and although both come from similar backgrounds, they present two very different, generationally specific definitions of a nihilist. As the narrator's biography and life choices illustrate, her cohort was generally better off, more socially homogeneous, and more elitist than the men and women of the generation of Vera Barantsova, the protagonist.

The children of the 1860s had a keen desire to liberate themselves from familial, social, and cultural restraints—

hence the push for formal education. And they felt that educated Russians had a good deal to learn from the West—hence the desire to travel and work abroad. Committed to social progress, they also believed in the freedom of a well-educated and necessarily small elite to discover and interpret intellectual truths for themselves. In turn, these individuals would be the leaders in championing the transformations that Russia desperately needed.

By contrast, as the trial scene in *Нигилистка* demonstrates so tellingly, the radicals who came of age in the 1870s were much more socially heterogeneous: this was, after all, the decade when the numbers and prominence in public life of разночинцы rapidly increased. More inclined to search for concrete and direct ways of serving the народ, Vera's generation, the self-styled народники of the 1870s, believed in the wisdom of the Russian peasants and native institutions as opposed to the scientific and philosophical positions imported from the West by Kovalevskaya's generation.[6] Through her preference for direct action and self-sacrifice over education and reformist political activity, as well as through her adoption of specific behaviors and patterns of dress and comportment, Vera exemplifies the practices and tendencies of this younger, populist version of the nihilist.

The gendered implications of Kovalevskaya's novella also need to be elucidated. One of the focal points of recent feminist scholarship has been to look at women authors' attempts to name—that is, to define—on their own terms women's culture and what was called женский вопрос (Costlow 62). Kovalevskaya, so active in defining her character and setting goals in her own life, shifts to a literary medium here, but her intentions remain the same. By focusing on a нигилистка, she uses this gender label to explore and undermine the frequently held (in the conservative press and common usage), but in her opinion wildly mistaken, image of an unfeminine, intolerant, lascivious, and egotistical young woman who renounces domestic life for the public arena. Vera Barantsova deviates from that stereotype in many important details—physical, emotional, and behavioral—thereby refocusing the discourse to the complexities and difficulties of one of the most enduring literary and human paradigms: the search for self-definition and purpose in a chaotic and rapidly changing world.

Koblitz has observed that Kovalevskaya "was at her best when writing fictionalized accounts of events through which she had lived" (262), and it is the creative interweaving of autobiography and social history into fictional narrative that makes Нигилистка more than a work of historical interest. Her tale was based on an encounter with an actual person, Vera Sergeevna Goncharova, a niece of Alexandr Pushkin's wife, who married a student, a revolutionary, to whom she had been introduced by Kovalevskaya. Writing her novella some years later, the author was familiar with the outcome of Goncharova's true story, whose denouement was much less happy than the novella would suggest: the couple had left Russia illegally and were married in Paris, where Kovalevskaya found them, a tyrannical husband and an unhappy wife with a baby. The author provided Goncharova with money and a passport so that she could return to Russia. Subsequently, Kovalevskaya stood up to the husband's threat to throw acid in her face for helping the young woman.

In many instances, the account of Vera's childhood, which makes up the long middle section of the novella, draws on the author's early experiences. Kovalevskaya places generational conflict and the search for autonomy at the center of both her autobiography and *Нигилистка*, her two most accomplished narratives. Like Vera, Kovalevskaya grew up in a patriarchal family complete with English and French governesses, manorial homes, and connections in high places in Saint Petersburg and else- where.[7] Her father, like Vera's, was a retired lieutenant general, although scandal did not force him, as it did his fic- tionalized counterpart, to leave the high-flying career of an imperial officer. The models for Vera's distant parents, more caught up in their social lives than in the education of their three daughters, are recognizable from Kovalev- skaya's childhood memoir. Her depiction of the fear, incomprehension, and disintegration of the Barantsov family following Alexander II's decree emancipating the serfs likely presents a composite picture of the often nega- tive social and economic consequences of that momentous event for landowners and peasants alike. As Vera develops from being a conventional кисейная барышня who is first infatuated by the lives of Christian martyrs and then comes to an awareness of more realistic social goals, her maturation closely follows the life of Kovalevskaya's sister, who became a prominent feminist and socialist in France during the Commune of 1870–71. For both the real-life sisters and for Vera, an older male figure awakens a young girl's mind to the world beyond her sheltered childhood, mapping out the more active and self-determined role she can play in her adult life. For Sonya and Anyuta, it was a seminarian; for Vera, Vasiltsev, a professor who is fired from his position at the Saint Petersburg Tech- nological Institute and exiled to his estate. Details that include dress style, reading preferences, and physical comportment coincide in many instances for all three female characters.

It is also plausible that another prototype for Vera's character, and an influence on the lives of both Sofya and Anyuta, can be found in the life and writings of the utopian socialist writer and paragon of self-sacrifice and social engagement, Chernyshevsky. Many scholars have examined the profound effect that his novel, *Что делать?*, with its sweeping program for radically changing Russian life, had on the generations of young, progressive, and radical Russians who laid the groundwork not only for reform but also for revolution in Russia. Even more to the point, Paperno has noted "the special impact of Chernyshevsky's novel," and of Chernyshevsky's life as well, on the Korvin-Krukovsky sisters (33). In addition to *Нигилистка*, at the time of her death Kovalevskaya left behind an unfinished fragment of another novella, *Нигилист*, based on the figure of Chernyshevsky.

While sharing a first name with Vera Pavlovna, the energetic heroine of Chernyshevsky's novel, Vera Barantsova is in no way a clone of that famously independent and intelligent новая женщина. Rather, the heroine of *Нигилистка* epitomizes a different, but equally important, feature of the Russian revolutionary impulse, one that Richard Stites has characterized as "religious feeling without religious faith" (150). For both Vera and Chernyshevsky, who was the son of a provincial priest and a seminarian, social consciousness is shaped by the stories of saints' lives. Vera reads them as a lonely, alienated provincial girl, dreaming of following in the footsteps of recent Christian martyrs persecuted in China. When Vasiltsev, a well-meaning, older neighbor and another лишний человек, in a long list of them in nineteenth-century Russia, opens her eyes to Russia's devastating problems, Vera's passion for martyr-dom disappears, replaced by a fervid but unformed desire to find an alternative calling, for it is not the theology but the paradigms of self-sacrifice and loss of identity that move her. The opening and closing chapters of *Нигилистка*, set in 1874, tell the tale of the displacement of Vera's religious feeling to the arena of social action.[8]

The course of action that Vera Barantsova finally settles on assumes the features of a classic, Christian подвиг, now shifted to a revolutionary cause. Grounded in the desire to do unmediated good, unwilling to follow formalized solu-tions, she would seem to replicate Chernyshevsky's life and novel: both Vera Pavlovna, in her quest for spiritual devel-opment, and Chernyshevsky himself, with his secular mar-tyrdom at the hands of the police, his arrest, and subsequent sanctification by the liberal intelligentsia, likely contributed to Kovalevskaya's imagining of her heroine. Despite these close connections between the two works, however, it would be a mistake to identify *Нигилистка* as a simulacrum of Chernyshevsky's novel. Unwilling in her writing as in her life to adopt reductionist views of politics, gender, or class, Kovalevskaya does not make an icon of her heroine. While she sympathizes with her, she is well aware of her limitations, as is Vera herself. Vera's confession to the narrator, just before she leaves for Siberia with her new "husband," is key to understanding her temperament and her predicament:

> И подумать, подумать только, что всю зиму-то я промаялась, ища дела [. . .]. А дело то под рукою— и какое дело! Лучшего бы я и придумать себе не могла. Признаюсь тебе откровенно: для другой

бы работы, ну хоть для революционной
пропаганды, для конспирации, я бы, пожалуй, и
не годилась вовсе. Уж тут большой нужен ум,
красноречие, умение на людей действовать, их
себе подчинять, а у меня этого вовсе нет. К тому
же постоянно бы меня жалость разбирала, как
это я других под опасность подвожу. А вот в
Сибирь пойти—это совсем для меня, как есть
настоящее дело! И как это все просто,
неожиданно, будто само собой устроилось.
Господи, как я счастлива!   (221)

   While this statement can be read as the modesty topos
encountered in hagiographic literature (or in the psyches
of young girls), it also brings to light the difficulty that
нигилистки typically had in realizing the personal and
social goals they had set for themselves. The combination
of restrictive laws and traditions regarding education and
employment opportunities for women, the absence of a
network of emotional support, and the young women's
own upbringing and habits frequently worked against
them. Barbara Engel has observed that "few [ниги-
листки] became as prominent or as political as Anna
[Anyuta Korvin-Krukovskaya Jaclard]" (67) or, for that
matter, as her sister Sofya. All in all, Kovalevskaya has
drawn Vera as a willing but ill-prepared fighter for a good
cause. Vera's lot is in many ways better than that of other
radical women. By the time she turns twenty, her family
has conveniently left the stage, and, as heiress to a modest
annual income, she leaves her estate with barely a second
thought. Once in Saint Petersburg, she appears at the narrator's doorstep, in search of "[какое-либо] назначение, цель в жизни." Clueless as to what to do with her
new independence, bored by the study of science and the

readings of the major radical political and economic theorists of her day recommended by the narrator, and lacking any useful skills, she finally chooses an avenue for action that will save one man but do little to reform traditional institutions, let alone undo tsarist oppression.

In marrying the political prisoner Pavlenkov, Vera executes an ideological reversal that can be understood only in terms of Christian charity and self-sacrifice. Russian women with radical ideals typically acquired a higher education to pursue communitarian goals: to teach or treat "the people," that is, the recently emancipated peasants, and to change tsarist society, through peaceful and, eventually for some, violent tactics. Vera's scope and goals are much narrower. Vera willingly sacrifices her own autonomy by marrying a political prisoner not of her class, a man she barely knows and certainly does not love, a Jew in an emphatically anti-Semitic society (as the account of the group trial shows), a person whom the narrator finds rather unattractive physically. The image of a wife following her dissident husband into Siberian exile will remind any historically literate Russian reader of Princess Volkonskaya and other wives of декабристы, aristocratic participants in an unsuccessful revolt in 1825, but those wives followed their husbands out of love and uxorial devotion. Here, love plays a role in Vera's decision, but it is a displaced emotion. As she marries Pavlenkov in the prison chapel, she becomes distracted, and "представилось мне, что вовсе и не Павленков возле меня, а Васильцев,—и голос его милый я услышала так ясно и отчетливо," she tells the narrator (221).[9]

Thus *Нигилистка* lends itself to a dual reading, as a model of a historical type and as a critique of that model.

In creating a female character who is an amalgam of traditional and new ideas about women's roles and motivations, Kovalevskaya presents a complex answer to issues of feminism and radical activity, to the relation of женский вопрос to other areas of social, political, and economic reform. Given the author's experiences in both her personal and public life with the egalitarian promises of progressive social thought, *Нигилистка* marks a certain retreat from or, at least, disappointment with those promises. The narrator's (and probably Kovalevskaya's) admiration for her heroine's single-mindedness goes hand in hand with sympathy for the lack of real choices open to the heroine. Haphazardly educated, short on self-confidence, and unimpressed by socialist utopian scenarios, Vera makes choices that reflect the complex self-imposed and external constraints on women's ability to gain authority over their own lives.

Jane Costlow, writing about the lack of positive heroines in women's writing in the 1860s and 1870s, finds a "disinclination to imagine utopian solutions to what were [. . .] intimate and intractable problems" (63). While there is the suggestion of female camaraderie between Vera and other convicts' wives and mothers as they leave for Siberia at the end of *Нигилистка*, it is a tenuous glimmer, for little in her previous experience suggests an inclination to work for communitarian solutions or to support other women in various shared housing and work situations. In the months between Vera and the narrator's first acquaintance and Vera's подвиг, the two women are not in close contact. What starts out as a potentially strong close female relationship ends with Vera's departure for Siberia.[10] Despite Vera's first appeal to the narrator to help her discover how to be полезной делу, she undertakes strictly on her own the difficult task of convincing the authorities to allow her to marry Pavlenkov, invoking family connections in high places to achieve her goal. This initiative can be read positively, as a sign of Vera's maturation, but it may also underscore her rejection of the narrator's solutions for social transformation.

Because most of the commentators on Kovalevskaya's novella have been historians or biographers, there has been little consideration of *Нигилистка* as a literary text. Certainly, the work is shaped by the conventions of Russian critical realism of the end of the second half of the nineteenth century, not least in its use of a literary type as a crucible for exploring social issues. Vera's coming to consciousness and pursuit of a self-defined if not fully articulated destiny follow the trajectory of the bildungsromans popular at the time. Catriona Kelly has observed that "the escape plot" was "the backbone of the realist tradition as practiced by women writers, after 1881 as before" (135). In fact, authors ranging from Avdotya Panaeva in the 1850s through Anastasiya Verbitskaya at the end of the century use their heroine's alienation and departure from stifling families and provincial lives as a fulcrum for their narratives. The scrupulously detailed, often ironically portrayed interplay of different classes living on one estate in Vera's childhood brings to mind Sergey Aksakov and Lev Tolstoy, understandably with gender and generationally defined variations on those familiar Russian themes. Vera's precocious love for her forty-something neighbor, when she is fifteen, follows a Turgenevesque pattern of encounter between ingenue and older idealistic man, an encounter that is formative, if almost invariably disappointing, for the young woman. The figure of Vera herself, with her taciturn, solitary temperament and her lonely childhood in communion with nature and vicarious experience of life, alludes to Pushkin's Tatyana in *Евгений Онегин* as well as to numerous other sentimental heroines from Russian and European literature.

We know from *Воспоминания детства* and her many letters that Kovalevskaya took her literary ambitions seriously, especially toward the end of her life. Occasional lapses in Vera's character or motivation leave the reader with a feeling of underdevelopment or incompleteness. Moreover, the switch in narrative voice is not always felicitous, especially when the first-person narrator of the introduction shifts with no explanation into an omniscient third person for the important middle section. Kovalevskaya compensates for these faults, however, in her eye for telling detail, the naturalness of narrative diction, and the able use of irony. In particular, the childhood and courtroom scenes have the vividness of a firsthand observer keenly involved in what she sees, be it the myriad natural, cultural, psychological, or social details that form a young girl's consciousness; the astute descriptions; or the multiple interests of participants in public events.

As a woman who has experienced the complexities of conjoining public and private lives, Kovalevskaya adopts a stance that is both sympathetic to and distanced from her heroine. Two models of feminine behavior are articulated in *Нигилистка*: that of Vera, a young woman looking for a socially meaningful way to put to use such traditional feminine qualities as devotion and self-sacrifice, and that of the narrator, a single professional woman who is independent inwardly and self-reliant outwardly. Although the age difference between the two is not great, the narrator seems much more mature than Vera; not only has the narrator had a broader range of experiences but she is better read, better informed, and more observant of her society. Nevertheless, there is no hierarchy of characterization in *Нигилистка*. The three main characters—Vera, narrator, and Vasiltsev—each have limitations and redeeming qualities. While the two women are defined in the narrative as opposites who choose radically different paths to serve their country, they are neither hostile nor mutually contradictory. It is plausible that Kovalevskaya, writing for a foreign audience, intended to suggest that both types were what Russia needed, namely, dedicated, self-sacrificing, and passionate martyr-revolutionaries combined with a professional class. Kovalevskaya takes pains to enlighten the reader about the strengths and limitations of both types, a classic literary maneuver. However, by inserting herself into her narrative and calling on her readers' familiarity with her own biography, she draws on the circularity of art and life to name the woman question in her own terms.

Notes

[1] Fyodor Dostoevsky's *Записки писателя* (1873–81) is perhaps the most telling example of this type of hybrid genre.

[2] Most of the biographical information on Sofya Kovalevskaya comes from Koblitz.

[3] Kovalevskaya was awarded corresponding membership in the academy, a notch below appointment as a full member. Corresponding membership was the status normally given to foreigners and recipients of degrees from foreign universities; her receiving it represented a significant achievement, since the academy's rules had to be changed to permit her membership at all.

[4] By coincidence, she fell in love with Maxim Kovalevsky, a distant cousin of her dead husband, who was a sociologist and law professor living in Paris after his dismissal from Moscow University for his radical teachings.

[5] Most of Kovalevskaya's other writings consisted of unpublished poetry; a two-part play, *Борьба за счастье (Как было и как могло быть)*, cowritten with Leffler; fragments of stories; and a number of profiles and sketches that were published in several major Petersburg journals and newspapers. For information on her other publications, see Koblitz, chapter 14; Putintsev's introduction to the 1960 Russian edition of *Нигилистка*.

[6] Indeed, Pozefsky notes "the suspicion with which members of the next generation of radicals, the so-called populists, looked upon [the generation of the 1860s]. Many populists regarded the emphasis on scientific research, practiced exclusively by intellectuals, as elitist" (363). Also see Gleason, chapter 2, for a succinct discussion of the nuances within the movement.

[7] Readers familiar with Kovalevskaya's characterization of her sister Anna (Anyuta) in *Воспоминания детства* will recognize her presence in *Нигилистка* as well.

[8] Another reminder that fact underlies the fiction of Kovalevskaya's novella is that the given name of all three heroines—Vera Barantsova; Vera Goncharova, her real-life prototype; and Chernyshevsky's Vera Pavlovna—means "faith" in Russian.

[9] Underscoring the fictive element in Kovalevskaya's tale is the fact that Vera Goncharova's goals were not so narrow as Vera Barantsova's. Koblitz notes that Goncharova was one of the first four women to enroll in the Sorbonne's medical program.

[10] Here again, biography and fiction diverge. In real life, Kovalevskaya found Goncharova very appealing, and Kovalevskaya was the one who actually arranged Goncharova's encounters with I. Ya. Pavlovsky. Moreover, relations between the women of the 1860s and populist women were in fact quite close.

Works Cited

Чернышевский, Николай Г. *Что делать? Из рассказов о новых людях*. Москва: Правда, 1962.

Costlow, Jane. "Love, Work, and the Woman Question in Mid-Nineteenth-Century Women's Writing." *Women Writers in Russian Literature*. Ed. Toby W. Clyman and Diana Greene. Westport: Praeger, 1994. 61–75.

Достоевский, Фёдор М. *Дневник писателя*. Санкт-Петербург: Лениздат, 1999.

Engel, Barbara A. *Mothers and Daughters: Women of the Intelligentsia in Nineteenth-Century Russia*. Cambridge: Cambridge UP, 1983.

Gleason, Abbott. *Young Russia: The Genesis of Russian Radicalism in the 1860s*. Chicago: U of Chicago P, 1980.

Kelly, Catriona. *A History of Russian Women's Writing, 1820-1992*. Oxford: Clarendon, 1994.

Koblitz, Ann Hibner. *A Convergence of Lives: Sofia Kovalevskaia: Scientist, Writer, Revolutionary*. Trenton: Rutgers UP, 1993.

Kovalevskaia, Sof'ia V. *A Russian Childhood*. Trans. and ed. Beatrice Stillman. New York: Springer, 1978.

Ковалевская, Софья В. *Воспоминания и письма*. 2-е изд. Москва: Академия наук, 1961.

McReynolds, Louise, and Cathy Popkin. "The Objective Eye and the Common Good." *Constructing Russian Culture in the Age of Revolution, 1881–1940*. Ed. Catriona Kelly and David Shepherd. Oxford: Oxford UP, 1998. 57–105.

Paperno, Irina. *Chernyshevsky and the Age of Realism: A Study in the Semiotics of Behavior*. Stanford: Stanford UP, 1988.

Pozefsky, Peter. "Love, Science, and Politics in the Fiction of *Shestidesiatnitsy* N. P. Suslova and S. V. Kovalevskaya." *Russian Review* 58 (1999): 361–79.

Путинцев, Владимир А. «Литературное наследие Софьи Ковалевской.» *Воспоминания детства [и] Нигилистка* С. В. Ковалевской. Москва: Художественная литература, 1960. 3–15.

Stites, Richard. *The Women's Liberation Movement in Russia: Feminism, Nihilism, and Bolshevism, 1860–1930*. Princeton: Princeton UP, 1978.

Тургенев, Иван С. *Отцы и дети*. Ленинград: Лениздат, 1970.

SHORT BIBLIOGRAPHY OF WORKS BY AND ABOUT
Sofya Kovalevskaya

Ковалевская, Софья В. *Избранные произведения*. Москва: Советская Россия, 1982.

——. *Литературные сочинения*. Санкт-Петербург: Стасюлевича, 1893.

——. *Нигилистка*. 1892. 2-е изд. Женева: Вольная русская типография, 1899.

——. *Нигилистка*. Москва: Кохманского, 1906. Переизд. в *Свидание*. Ред. Виктория В. Учёнова. Москва: Современник, 1987.

——. *Нигилистка*. Харьков: *Пролетарии*, 1928.

——. *Vera Barantsova*. Trans. Sergius Stepniak and William Westfall. London: Ward , 1895.

——. *Vera Vorontsoff*. Trans. Anna von Rydingsvard. Boston: Lamson, 1895.

——. *Воспоминания детства [и] Нигилистка*. Москва: Художественная литература, 1960.

——. *Воспоминания и автобиографические очерки*. Москва: Академии наук, 1945.

——. *Воспоминания, повести*. Ред. Пелагея Я. Полубаринова-Кочина. Москва: Академии наук, 1974. Переизд. Москва: «Правда,» 1986.

——. «Встречи с В. С. Гончаровой.» *Воспоминания и*

письма. 1951. 2-е изд. Ред. Соломон Я. Штрайх. Москва: Академии наук, 1961. 183–202.

Koblitz, Ann Hibner. "Career and Home Life in the 1880s: The Choices of Mathematician Sofia Kovalevskaia." *Uneasy Careers and Intimate Lives: Women in Science 1789-1979.* Ed. Pnina G. Abir-Am. New Brunswick: Rutgers UP, 1987.

Kochina, Pelageya. *Love and Mathematics: Sof'ia Kovalevskaia.* Moscow: Mir, 1985.

Колтоновская, Елена А. *Женские силуэты.* Санкт-Петербург: Просвещение, 1912.

Котляревский, Н. А. «Нигилистка.» *Страна* 3–16 сентября, 1906. 2.

Ledkovsky, Marina, et al., eds. *Dictionary of Russian Women Writers.* Westport: Greenwood, 1994.

Marcus, Jane. "The Private Selves of Public Women." *The Private Self: Theory and Practice of Women's Autobiographical Writings.* Ed. Sheri Benstock. Chapel Hill: U of North Carolina P, 1988. 126–34.

Naginski, Isabelle. "A Nigilistka and a Communard: Two Voices of the Nineteenth-Century Intelligentka." *Woman as Mediatrix: Essays on Nineteenth-Century European Women Writers.* Ed. Avriel H. Goldberger. New York: Hofstra UP, 1987. 145–58.

Полубаринова-Кочина, Пелагея Я., ред. *Памяти С. В. Ковалевской: Сборник статей.* Москва: Академии наук, 1951.

———. *Жизнь и деятельность С. В. Ковалевской.* Москва: Академии наук, 1950.

Stillman, Beatrice. "Sofya Kovalevskaya: Growing Up in the Sixties." *Russian Literature Triquarterly* 9 (1974): 276–302.

Zirin, Mary. "Anna Vasil'evna Korvin-Krukovskaia." Ledkovsky et al. 322–24.

———. "Sofia Vasil'evna Kovalevskaia." Ledkovsky et al. 328–29.

SUGGESTIONS FOR FURTHER READING

These passages and books (full bibliographic information given if the work is not in the preceding Works Cited) are recommended: Chernyshevsky 1–36; Costlow; Engel 62–66, 83–84, 201; Gleason; Barbara Heldt, *Terrible Perfection: Women and Russian Literature* (Bloomington: Indiana UP, 1987) 66; Kelly 50–63, 121–38; Ann H. Koblitz, *Science, Women, and Revolution in Russia* (Amsterdam: Harwood Academic, 2000); Margaret Maxwell, *Narodniki Women* (New York: Pergamon, 1990) 48; McReynolds and Popkin; Paperno 17–19, 33–36, 274–75; Nataliia L. Pushkareva, *Women in Russian History from the Tenth to the Twentieth Century*, ed. and trans. Eve Levin (Armonk: Sharpe, 1997) 201–15; Stites; Mary Zirin, "Women's Prose Fiction in the Age of Realism," *Women Writers in Russian Literature*, ed. Toby W. Clyman and Diana Greene (Westport: Praeger, 1994) 77–94.

ABOUT THE TEXT

Because of its caustic portrayal of the tsarist courts' treatment of political prisoners—a good part of the action takes place in 1874, during a period of crackdowns on political activists in Russia—the imperial censorship forbade including *Нигилистка* in a posthumous collection of Kovalevskaya's literary works that appeared in Moscow in 1893. Copies of Swedish, German, French, Polish, Czech, and English translations were regularly smuggled into Russia, but *Нигилистка* did not legally appear in its author's native land until 1906, during a period of relative liberalization following the "revolution" of 1905. A petition forwarded to the censors in 1915 for another edition was rejected, and the novella remained out of print until 1928, when the first Soviet edition appeared.

The present edition of *Нигилистка* is taken from Kovalevskaya's *Воспоминания детства [и] Нигилистка* (Москва, 1960), which is based on the novella's first Russian-language edition published in Geneva in 1892. This is also the only modern edition with *нигилистка* in its title. The novella was reprinted in a 1974 volume, *Воспоминания, повести* (2nd ed., 1986). In 1987, V. Uchenova included *Нигилистка* in the collection *Свидание: Проза русских писательниц 60-80-х годов XIX века*.

In his notes to the 1960 edition, V. A. Putintsev suggests that Kovalevskaya, knowing that her novella would not pass censorship in Imperial Russia, first wrote a version of *Нигилистка* in Swedish in 1883-84 with the intent of publishing it, or its translation, somewhere in Europe. In 1889-90, she rewrote that earlier version, this time in Russian. At the time of her death, two different drafts, substantially revised and expanded from the original Swedish, remained. Her friends Anna Carlotta Leffler and Ellen Key, together with her fiancé, Maksim Kovalevsky, edited the two texts into a final version and published the novella in Russian in Geneva in 1892, with subsequent editions in 1895 and 1899. In his preface to the 1892 edition, Kovalevsky acknowledged that "несомненно [. . .] многое подверглось бы исправлению и дополнению при пересмотре рукописи и в корректурах, если бы смерть не застигла Софью Васильевну в самый рас[с]вет ее литературной деятельности" (236). While one may agree with him that the text she left behind has a number of inconsistencies and imperfections, her substantial literary abilities speak for themselves even in their incomplete form.

The footnotes to the text in this volume incorporate (with a few changes) both the footnotes and commentary from the 1960 edition.

Work Cited

Максим Ковалевский. «Предисловие.» *Нигилистка С. В. Ковалевской.* Женева: Вольная русская типография; 1892. Qtd. in С. Ковалевская, *Воспоминания детства [и] Нигилистка.* Москва: Художественная литература, 1960.

СОФЬЯ ВАСИЛЬЕВНА КОВАЛЕВСКАЯ

Нигилистка

I

Мне было двадцать два года, когда я поселилась в Петербурге. Месяца три перед тем я окончила курс в одном из заграничных университетов и с докторским дипломом в кармане вернулась в Россию. После пятилетней уединенной, почти затворнической жизни в маленьком университетском городке, петербургская жизнь сразу охватила и как будто опьянила меня. Забыв на время те соображения об аналитических функциях, о пространстве, о четырех измерениях, которые еще так недавно наполняли весь мой внутренний мир, я теперь всей душой уходила в новые интересы, знакомилась направо и налево, старалась проникнуть в самые разнообразные кружки и с жадным любопытством присматривалась ко всем проявлениям этой сложной, столь пустой по существу и столь завлекательной на первый взгляд суетолоки, которая называется петербургской жизнью. Все меня теперь интересовало и радовало. Забавляли меня и театры, и благотворительные вечера, и литературные кружки с их бесконечными, ни к чему не ведущими спорами о всевозможных абстрактных темах. Обычным посетителям этих кружков споры эти уже успели приесться, но для меня они имели еще всю прелесть новизны. Я отдавалась им со всем увлечением, на которое способен болтливый по природе русский человек, проживший пять лет в Неметчине, в исключительном обществе двух-трех специалистов, занятых каждый своим узким, поглощающим его делом и не понимающих, как можно

3

тратить драгоценное время на праздное чесание языка. То удовольствие, которое я сама испытывала от общения с другими людьми, распространялось и на окружающих. Увлекаясь сама, я вносила новое оживление и жизнь в тот кружок, где вращалась. Репутация ученой женщины окружала меня известным ореолом; знакомые все чего-то от меня ждали, обо мне успели уже прокричать два-три журнала; и эта еще совсем новая для меня роль знаменитой женщины хотя и смущала меня немного, но все же очень тешила на первых порах. Ну, словом, я находилась в самом благодушном настроении духа, так сказать, переживала свою lune de miel[1] известности и в эту эпоху своей жизни, пожалуй, готова была бы воскликнуть: «Все устроено наилучшим образом в наилучшем из миров».

Сегодня я находилась в особенно благодушном настроении. Вчера была на вечере в редакции одного нового, только что открывшегося журнала, где и мне было предложено сотрудничать. Это новое дело живо увлекало всех участников, и редакторские субботы отличались необычайным оживлением. Я вернулась домой в третьем часу ночи, встала сегодня поздно, долго провозилась за своим утренним чаем и с интересом пробежала несколько газет. Увидав объявление, что продается по случаю резной книжный шкаф, я съездила его посмотреть; по дороге встретилась на конке с одной знакомой дамой, состоявшей, подобно мне,

---

[1] Медовый месяц (*франц.*).

4

членом комитета только что открывшихся Высших женских курсов,[2] потолковала с ней «о делах», побывала еще у двух-трех знакомых, и, часам к четырем вернувшись домой, сидела теперь в покойном кресле перед затопленным камином, и с удовольствием оглядывала свой нарядный кабинет. После пятилетнего мытарства по различным меблированным комнатам у немецких хозяек, я была теперь довольно чувствительна к новому для меня удовольствию своего уютного уголка. В передней позвонили.

«Кто бы это был?» — подумала я, перебирая в голове имена своих разнообразных знакомых, и с некоторым беспокойством кинула взгляд в зеркало, чтобы убедиться, в порядке ли мой туалет.

В комнату вошла высокая молодая женщина в простой суконной шубке. По близорукости я не сразу могла решить, знаю ли эту особу или нет, тем более что черный головной платок почти совсем скрывал ее лицо, оставляя открытым лишь маленький, правильный, слегка подрумяненный морозом носик. Любезно, хотя и с некоторым недоумением во взгляде, поднялась я навстречу гостье.

— Извините меня, что я решилась вас обеспокоить, хотя и не знаю вас лично, — заговорила вошедшая. — Я Вера

---

[2] Ковалевская здесь допускает маленькую хронологическую ошибку: повествование *Нигилистки* начинается в 1874-м году, т.е. за четыре года до основания Высших женских (Бестужевских) курсов. Она принимала участие в их организации и состояла в Комитете для доставления курсам средств.

Баранцова. Впрочем, вы вряд ли помните мое имя, хотя родители наши и были соседями по именью. Недавно я прочла о вас в газетах. Я знаю, что вы долго учились за границей, и о вас повсюду идет молва, что вы хороший и серьезный человек. Вот мне и пришло в голову, что вы можете помочь мне советом.

Все это пришедшая проговорила торопясь и залпом, но чрезвычайно приятным, грудным голосом. Я была и смущена и польщена этим доказательством собственной известности. В первый раз незнакомый человек обращался ко мне за советом.

— Ах, я очень рада! Пожалуйста, садитесь. Да снимите же вашу шубку, — забормотала я приветливо, тоже сильно конфузясь.

Вера сбросила с головы черный платок. Я была поражена, увидав такую красавицу.

— Я совсем одна на свете и ни от кого не завишу. Моя личная жизнь кончена. Для себя я ничего не жду и не хочу. Но мое страстное, мое пламенное желание — это быть полезной «делу». Скажите, научите меня, что мне делать? — проговорила Вера вдруг, без предисловия, сразу приступая к цели своего визита.

От всякой другой это странное, неожиданное начало могло бы поразить неприятно, показаться битьем на эффект, но Вера говорила так просто, в голосе ее слышалась такая искренняя, взволнованная, умоляющая нотка, что я и не подумала удивиться.

Эта высокая, стройная девушка с матово-бледным лицом и с задумчивыми синими глазами стала мне вдруг необыкновенно близка и симпатична. Один только был у меня страх, что я не оправдаю ее доверия, не сумею ответить как следует на ее обращение, не смогу дать ей никакого полезного совета. И собственная жизнь последних трех-четырех месяцев вдруг показалась мне пустой и мелочной; все наполнявшие меня интересы утратили смысл и значение; внезапный упрек совести кольнул меня в сердце. «Что я ей скажу? Чем я помогу ей?»

Не зная, с чего начать, я пригласила Веру присесть и приказала подать чай. В России ни один разговор по душе не обходится без самовара. Что поразило меня в Вере с первого часа нашего знакомства, это — полнейшее равнодушие ко всему внешнему. Она походила на тех ясновидящих, зрение которых так поражено присутствием видимого им одним предмета, что не способно к восприятию других впечатлений. Я спросила ее, давно ли она в Петербурге, хорошо ли устроилась в отеле? Но на все эти банальные вопросы Вера отвечала рассеянно и с некоторым недовольством. Мелочи жизни, видимо, нимало не занимали ее. Хотя ей ни разу не приходилось еще жить в Петербурге, но столичная жизнь не удивляла и не интересовала ее. Она всецело была занята одной мыслью — найти назначение, цель в жизни. Меня сильно влекло к этой молодой девушке, столь не похожей на тех, каких я знала прежде. Я постаралась поэтому заслужить ее доверие,

7

проникнуть в сокровеннейшие ее мысли. На ее вопрос я ответила, что не могу дать ей совета, пока не узнаю ее ближе. Я попросила Веру бывать у меня возможно часто и рассказать мне все ее прошлое. Вера сама только и думала о том, как бы высказаться, и на все мои вопросы отвечала с резкой откровенностью. Не прошло многих недель, и я проникла в ее сердце и стала читать в нем настолько ясно, насколько одной женщине возможно читать в сердце другой.

II

Семья графов Баранцовых — знатная, дворянская семья, хотя и нельзя сказать, чтобы она была очень старинного рода. Ее официальная родословная выведена, правда, чуть ли не до Рюрика, но в полной достоверности сего документа позволено сомневаться; вполне установлено лишь то, что некий Ивашка Баранцов служил рядовым в роте ее величества императрицы Екатерины II, с лица был кровь с молоком, а ростом косая сажень,[3] и так сумел заслужить перед матушкой-государыней, что за верную службу сразу был произведен в капралы и пожалован поместьем в пятьсот душ крестьян и тысячью рублями — души были дешевы, а деньги дороги в то время. С этой поры началось процветание рода Баранцовых. Графским титулом они были пожалованы Александром I, при дворе которого красивая графиня Баранцова играла некоторое время

---

[3] Сажень — русская мера длины, равная 2.13 м., применявшаяся до введения метрической системы мер.

очень видную роль. Впрочем, в семейных летописях этого рода, за последние сто лет, насчитываются не одни только успехи; терпел он и превратности.

Все Баранцовы отличаются пылкостью и необузданностью желаний, и свойство это не раз вводило их в беду. Не одно богатое поместье, не одна доходная волость были ими за это время проиграны в карты или спущены на лошадей и на красавиц. В судьбе баранцовской семьи наступало тогда временное помрачение; но по милости божьей эта легкая тучка скоро рассеивалась солнышком государевой милости. Кто-нибудь из Баранцовых всегда умудрялся вовремя сослужить службу царю и отечеству, и новые богатые поместья являлись на место утраченных, так что в общей сложности семья продолжала расти и преуспевать. Но если поместья быстро спускались и быстро наживались в их роде, зато одно драгоценное наследство переходило у них неизменно из поколения в поколение, от отца к сыну и от матери к дочери — это была необыкновенная, так сказать, фамильная красота. Все Баранцовы хороши собой. Не только уродов или безобразных, но и просто дурнушек между ними не полагается. Как бы испытывая естественное влечение к красоте или инстинктом предугадывая Дарвина, все графы Баранцовы женились на красавицах, все их дочери находили себе красавцев мужей; так что теперь фамильный тип установился прочно и так хорошо известен в русской аристократии, что, если вам скажут про кого: у него или у нее совсем баранцовское лицо и в вашем воображении не выступит тотчас же определенный образ — высокий, статный рост, матово-белое продолговатое лицо с легким, прозрачным румянцем на щеках, низкий широкий лоб с тонким узором синеватых жилок на висках, черные, как воронье крыло, волосы и синие, с черными ресницами глаза, — то это значит, что вы к аристократии не принадлежите и в делах of the upper ten thousands в России ничего не смыслите.

Этот баранцовский тип такой прочный и живучий, что в доброе старое крепостное время в нем заметили даже способность переходить на крестьян и на дворню в графских именьях. Удивительное было дело! Стоит только самому барину или молодым господам погостить у себя в усадьбе, непременно потом, в той или другой крестьянской избе — и притом все в таких, где бабы молодые и пригожие, — родится на свет ребенок, ну, вылитый маленький Баранцов, с такими же тонкими, благородными чертами лица, как и у детей в господском доме.

Граф Михаил Иванович Баранцов был достойным отпрыском своего семейства. Красавец собой, он имел счастье родиться в начале царствования Николая, в период полного расцвета петербургской гвардии. Прослужив несколько лет в кирасирском полку, сокрушив множество женских сердец и честно заслужив себе между товарищами лестное прозвище «гроза мужей», он, в молодых еще годах, влюбился без памяти в дальнюю свою родственницу, Марию Дмитриевну Кудрявцеву, тоже носившую на своем красивом, точно выточенном резцом великого художника, лице явную печать баранцовского рода. Встретив с ее стороны взаимность, он обвенчался с ней и продолжал служить. Может быть, он дослужился бы до высоких чинов, но в начале царствования Александра II с ним случилась маленькая неприятность, причина которой тоже лежала в бурной баранцовской крови и в роковой баранцовской красоте. Приревновав свою красавицу жену к другому гвардейскому офицеру, он вызвал его на дуэль и убил наповал. Историю затушили с грехом пополам, но молодому графу все же неловко было оставаться после этого в своем полку: он был вынужден подать в отставку и уехать в именье, которое только что унаследовал от своего отца, скончавшегося как раз в пору.

Это было в 1857 году. В Петербурге ходили уже неясные слухи о предстоящей эмансипации крестьян, но до Борков, так звали именье графов Баранцовых, эти слухи еще не доходили. Там все еще шло добрым, старым порядком. Как велико было в то время состояние графа Михаила Ивановича, в точности не знал никто, всех менее он сам. Именье было большое, хотя и далеко не таких уже размеров, как прежде. Покойник папаша, будь ему добрая память, тоже любил пожить себе в удовольствие, и еще при нем была вырублена большая часть леса и продано немало десятин[4] лугов. Михаил Иванович после почти пятнадцатилетней

---

[4] Десятина — русская мера земельной площади, равная 2400 кв. саженям или 3100 кв. метрам.

службы в кирасирах, разумеется, не без долгов оставил Петербург. Свое правление он начал с того, что для покрытия старых грехов продал еще порядочный кусочек земли, да и на остальное именье выдал новую закладную. Пока, однако, все это устраивалось благополучно, и графа не беспокоили. Староста был молодец; все умел устроить без шуму, без лишних разговоров: когда барину нужны были деньги, они всегда оказывались у него под рукой.

В эпоху их переселения в деревню граф Михаил Иванович и графиня Мария Дмитриевна, несмотря на трех подрастающих дочерей, все еще были и считали себя очень молодыми людьми. Забот и обязанностей они за собой никаких не ведали, и никто не отрицал за ними права жить в полное себе удовольствие.

Жизнь и в деревне пошла прежним путем, веселая и вольная. Все в доме еще при покойном барине было заведено на широкую, барскую ногу: тридцать выездных лошадей на конюшне, английский сад, оранжереи и теплицы, масса праздной, ленивой дворни. Единственное изменение, которое привезли с собой молодые господа, состояло в том, что к затеям старого барства они присоединили много разных столичных, более утонченных прихотей, о которых прежде в деревне не грезили. В парадных комнатах перебили всю мебель шелковой материей. Полы и окна прежде стояли голые — теперь всюду разостлали ковры и навесили портьеры. Лакеи ходили прежде в засаленных сюртуках с барского плеча — теперь им пошили форменные ливреи. Кухню отдали в распоряжение повара, учившегося в Английском клубе,[5] а в девичьей к толпе доморощенных горничных, с утра до ночи занятых шитьем, вышиваньем, плетеньем кружев, присоединили еще франтоватую камеристку из вольных.

Своим примером молодые господа имели благотворное влияние и на соседей. Губернатор в речи, произнесенной им на обеде в честь новоприезжих, сказал недаром, что они внесли новую жизнь в губернию. Действительно, с их приездом началась эра праздников, пиров и удовольствий. Никто не хотел ударить в грязь лицом перед столичными гостями. Помещики и помещицы стряхивали с себя деревенскую лень. Прежние бесхитростные забавы, тяжелые именинные обеды, карты и пляска заменились теперь более утонченными, так сказать, интеллектуальными удовольствиями. В первый же год после переезда графов Баранцовых в имение в их губернском городе состоялся любительский спектакль, концерт с живыми картинами и маскарад по подписке.

И Михаил Иванович и Марья Дмитриевна были в восторге от произведенного ими в губернии впечатления, и оба вполне прониклись важностью своей, так сказать, цивилизаторской миссии. Граф произнес даже на одном

---

[5] Английский клуб — частный клуб в Москве с известным рестораном, где встречалось высшее московское общество со времен Екатерины II до начала русской революции. Пушкин упоминает о нем в седьмой главе *Евгения Онегина*, а Толстой — в четвертой книге *Войны и мира*.

официальном обеде спич о значении английской gentry и о желательности, чтобы русские помещики превратились в английских landlord'ов.

Графиня тоже трудилась немало для облагораживания провинциальных нравов. Она считала себя обязанной выписывать дорогие туалеты из Петербурга. Дом Баранцовых был всегда открыт для гостей. Обед был поздний, по-городскому, и все домашние были обязаны переодеваться перед обедом, как водится у англичан. За закуской подавалась не простая очищенная, а английская горькая.

Дом Баранцовых, тяжеловесной старинной постройки с каменными стенами аршина[6] в два толщиной, по наружному виду напоминал огромный четырехугольный ящик, к которому, бог знает для чего, прилеплены в разных местах фантастические фонари и балкончики. Вообще он был того определенного, хотя, кажется, еще ни в одном учебнике архитектуры не отмеченного стиля, который следовало бы назвать крепостным стилем. Всего было много, материалом всюду сорили, но все было как-то грубо и топорно. На всем было видно, что дом этот строился в такое время, когда труд был даровой и все обходились домашними средствами. Кирпичи обжигались на своем заводе, паркеты изготовлялись из своего леса и своими крепостными; даже архитектор, делавший план, и то был крепостной.

---

[6] Аршин — русская мера длины, равная .71 м.

14

По внутреннему расположению комнат дом Баранцовых тоже не отличался от большинства помещичьих домов того времени; наверху жили господа, внизу были детские; подвальный этаж был отведен под кухню и для прислуги.

До подвального этажа графиня спускалась только в светлый праздник, когда шла христосоваться со всей дворней, но в детские она иногда заглядывала и в простые дни, когда позволяло ей время, то есть когда не было гостей или она сама не собиралась в гости, — это, впрочем, случалось не очень часто.

В детских баранцовского дома росли и развивались три барышни на попечении двух гувернанток, из которых одна, m-lle Julie, была высокая, очень живая и разговорчивая брюнетка неопределенного возраста, а другая, m-me Night, — почтенная вдовица со строгим монументальным лицом, обрамленным крупными седыми буклями. Сверх этих двух гувернанток при детях состояло еще немало другого народа: старая няня, горничная Анисья и девчонка для побегушек.

Ну, словом, все было так, как и следовало быть в порядочном барском доме. Все три барышни были высоки для своих лет; у всех троих были отличные густые волосы, которые по утрам заплетались в косу, а к обеду распускались по плечам, и все три обещали со временем быть красавицами.

Две старших, Лена и Лиза, стояли, так сказать, уже на пороге детской, и в скорости им предстояло выпорхнуть в гостиную. Одной из них было четырнадцать, другой тринадцать лет. Обе они уже со страстным любопытством прислушивались к каждому доносящемуся до них отголоску из верхнего этажа, и обе сильно роптали на то, что их водят еще в коротеньких платьях.

Третья барышня, Вера, была еще совсем маленькой девчонкой, лет восьми, с кругленьким румяным лицом и с тем странным созерцательным взглядом, который почти всегда бывает в глазах ребенка, живущего своей особой детской жизнью. Она пока ни на что не роптала. Как у всех детей, жизнь которых идет правильно, в ней были сильно развиты консервативные инстинкты; ко всему окружающему она была привязана бессознательною, животною привязанностью холеного комнатного зверька, и ей еще ни разу не приходило в голову усомниться в достоинствах кого-нибудь из ее близких. Ее мама была лучшая из мам, ее детская — лучшая из детских.

Да и действительно, все в доме шло прекрасно. Всякий сверчок знал свой шесток, и всем жилось мирно, покойно, как всегда бывает во всяком обществе, где есть прочные устои и где отдельной личности не предоставлено биться головой об стену, ища какого-то своего собственного, отдельного исхода.

Вообще о любви и думалось, и шепталось, и мечталось немало в нижнем, как и в верхнем этаже баранцовского дома.

Да и что, в самом деле, кроме радостей и печалей любви, могло, казалось, перерезать прямую, ровную, как полотно, дорогу, расстилавшуюся перед всеми тремя барышнями Баранцовыми. Во всех остальных отношениях их жизнь была определена и предусмотрена наперед. У папы с мамой совсем было решено, что Митино пойдет в приданое за Леной, Степино — за Лизой, а Борки достанутся младшей — Вере.

Знали тоже и граф и графиня, что в свое время, годика через три-четыре, непременно явится какой-нибудь гусар или драгун и уведет Лену; потом, немного погодя, явится другой гусар и уведет Лизу. А там придет черед и за Верой.

Будут дети жить не в Борках, а в другом доме, будет им прислуживать не Анисья, а другая какая-нибудь горничная, но за этими маленькими изменениями повторит каждая мамину судьбу, как и мама повторила судьбу бабушки. Все это было очень просто и очень верно и зналось само собой, не думая, как знается то, что и завтра будет обед и послезавтра.

Но все эти верные и несомненные расчеты внезапно пересеклись одним неожиданным событием, то есть, по правде сказать, событие это было не совсем неожиданное, так как уже лет двадцать о нем говорилось, к нему готовилась вся Россия; но, как и все великие события, оно имело то свойство, что когда наконец совершилось, всем показалось, что оно налетело врасплох и застало всех неприготовленными.

Первую тень этого грядущего события увидела Вера при следующих обстоятельствах. В конце 1860 года был у

Баранцовых семейный обед, на котором, кроме обычных тетушек, бабушек и близких соседей, присутствовал еще один редкий и почтенный гость — дядюшка из Петербурга, важный сановник в каком-то министерстве. Приехал он всего сегодня поутру и за обедом, разумеется, почти что один говорил, рассказывал разные новости из высших правительственных сфер, о которых по газетам ничего ведь не узнаешь.

Однако во время обеда графиня несколько раз перебила его, именно тогда, когда рассказ становился всего оживленнее.

— Stépan! prenez garde,[7] — говорила она, таинственно кивая головой на разносивших блюда лакеев, хотя эти последние и сохраняли обычную, вполне безучастную мину.

После десерта перешли в гостиную. Граф сам удостоверился, закрыты ли двери во всех соседних комнатах.

— Vous pouvez parler, Stépan![8] — сказал он торжественно.

Вера сидела на коленях у нового дядюшки, с которым она уже успела подружиться. На нее не обратили внимания, думая, вероятно, что она еще ничего не поймет.

— C'est fait! L'empereur a souscrit le projet qui lui a été présenté par la commission,[9] — торжественно проговорил дядюшка.

---

[7] Степан! будьте осторожны (*франц.*).
[8] Можете говорить, Степан! (*франц.*).
[9] Все кончено! Государь подписал проект, представленный ему комиссией (*франц.*).

У мамы, разливавшей в эту минуту кофе, бессильно опустились руки; ложечка зазвенела о блюдечко, и несколько капель кофе пролились на дорогую скатерть.

— Mon Dieu, mon Dieu,[10] — проговорила она, падая в кресло и закрывая лицо руками.

Все присутствующие сидели как ошеломленные дядиными словами.

— Неужели действительно совсем уже решено? — тихим, насильственно-спокойным голосом спросил папа.

— Совсем и нерушимо! В начале февраля манифест разошлют по всем приходским церквам, чтобы девятнадцатого объявить его народу,— помешивая свой кофе, отвечает дядя.

— Значит, остается теперь только положиться на милость божью, — со вздохом говорит папа.

Несколько минут общего тяжелого молчания.

— Господа, да ведь что ж это? По-моему, это грабеж, да и только,— раздается вдруг голос старика Семена Ивановича — папиного дяди.

Он вскакивает в волнении со своего места и ударяет кулаком по столу. Белые волосы развеваются вокруг его разгоряченного, гневного лица.

— Не кричите, дядя, бога ради! Les domestiques peuvent entendre,[11] — пугливо умоляет мама.

---

[10] Боже мой, боже мой (*франц.*).
[11] Прислуга может услышать (*франц.*).

— Да объясните же вы мне наконец, что же это такое будет? Значит, слушаться нас теперь перестанут, так, что ли, — с растерянным и обиженным видом вмешивается в разговор старая тетка Арина Ивановна.

— Не приставай с пустяками, сестра, — нетерпеливо отстраняет ее рукой папа, — дай расспросить Степана обо всем толком, как следует.

Мужчины собираются кучкой вокруг Степана Михайловича, который начинает что-то горячо толковать. Дамы все продолжают отчаиваться.

— Comment est-ce que l'empereur, qui a l'air si bon, peut nous faire tant de peine,[12] — удивляется одна из них.

Человек входит убрать кофе. Все моментально смолкают.

— Барышня, вы оставались сегодня в гостиной после обеда. Не слыхали ли, о чем господа толковали, — спрашивает поздним вечером Анисья, укладывая маленькую барышню спать.

Из того, что говорилось в гостиной, Вера поняла, что всему их семейству грозит какая-то беда. Никто и не подумал о том, чтобы приказать ей молчать, но кастовая жилка уже так сильна в породистом зверьке, что она отвечает с достоинством:

— Я ничего не слыхала, Анисья!

Хотя теперь уже всем известно, что манифест не только подписан государем, но и разослан по всем приходам,

---

[12] Как мог государь, который кажется таким добрым, причинить нам столько горя (*франц.*).

однако до последнего дня, до последней минуты господа продолжают бояться, чтобы прислуга, неравно, этого не услыхала.

Прислуга, со своей стороны, и виду не подает, что что-либо знает, и все разговоры в передней и в буфете столь же живо смолкают при приближении кого-нибудь из господ, как разговоры в гостиной при появлении кого-либо из людей.

Но вот наступило наконец это грозное, это давно ожидаемое, это чреватое последствиями 19 февраля.[13] Вся семья Баранцовых едет в церковь. После обедни священник прочтет манифест.

К девяти часам утра уже все в доме готовы и одеты. Все сегодня делается лихорадочно и в то же время торжественно, вроде того, как бывает, например, когда едут на похороны. Все боятся промолвить лишнее слово.

Дети и те чувствуют инстинктом важность и торжественность сегодняшнего дня, ведут себя тихо и смирно и ни о чем не смеют расспрашивать.

У парадного подъезда стоят две коляски. Экипажи вычищены с иголочки; на лошадях лучшая сбруя; кучера в новых кафтанах. Папа тоже во всем параде, в мундире и с орденами. Мама в дорогой бархатной мантильке; дети разряжены, как куколки.

В переднюю коляску садятся господа: граф и графиня на переднем, три девочки на заднем сидении. В другом

---

[13] В действительности оглашение царского манифеста происходило в столицах 5 марта 1861 г., а в провинции еще позже.

экипаже размещаются гувернантки, экономка и управляющий. Остальная дворня отправляется в церковь пешком. Кроме малых ребят и выжившего из ума старого Матвея, никого не остается дома.

До церкви три версты. Во время дороги мама часто подносит к глазам раздушенный платок. Папа сурово молчит.

Вся площадь перед папертью черна народом. Собралось тысячи две-три мужиков и баб из окрестных деревень. Издали кажется, что это одна сплошная масса серых зипунов, среди которых то здесь, то там краснеет яркий бабий головной платок.

— Ce spectacle me fait mal! Je pense involontairement à ’89,[14] — истерически бормочет графиня.

— De grâce, taisez vous, ma chère,[15]— взволнованным шепотом отвечает граф.

И сегодня, как и всегда по праздникам, церковный сторож поджидает на колокольне появления господской коляски, и лишь только она показывается на повороте дороги, колокола начинают звонить.

Церковь набита битком; кажется, яблоку негде упасть; но по старой закоренелой привычке вся эта сплошная толпа почтительно расступается перед господами и пропускает их вперед, на их обычное место у правого клироса.

---

[14] «Это зрелище меня удручает! Я невольно вспоминаю 89-й год» (*франц.*). Имеются в виду революционные события во Франции в 1789-93 гг.

[15] Ради бога, замолчите, дорогая! (*франц.*)

— Миром господу помолимся, — провозглашает священник, выходя из алтаря в полном облачении.

— И духове твоему, — отвечает хор певчих.

Вся эта густая, серая, темная масса молится сегодня, как один человек, сосредоточенно, иступленно. Мужики и бабы часто крестятся и кладут земные поклоны. Смуглые, суровые, изборожденные глубокими морщинами лица, как судорогой, сведены напряженностью молитвы и ожидания.

Храм воздыханья, храм печали,
Убогий храм земли моей,
Тяжеле вздохов не слыхали
Ни римский Петр, ни Колизей.[16]

Но сегодня не вздохи и не стоны слышатся в этом храме. Сегодня в нем, да не только в нем одном, но и в каждой из многих ста тысяч церквей земли русской, возносят к небу такие жаркие, преисполненные бесконечной веры и страстного упования молитвы, какие, может быть, ни разу, с тех пор, как земля стоит, не возносились зараз целым стомиллионным народом.

«Господи, владыко наш! Смилуешься ли ты над нами? Скорбь наша велика и многолетня! Будет ли теперь лучше?»

Что-то скажет царский манифест? До сих пор даже и господам содержание его известно только по слухам. В доподлинности же никто еще ничего не знает, так как

---

[16] Неточная цитата из стихотворения Н. А. Некрасова «Тишина» (1857).

манифесты разосланы священникам, запечатанные казенной печатью, которая будет взломана лишь по окончании обедни.

От необычайного скучения черного народа и от множества зажженных свечей в маленькой спертой церкви, несмотря на открытые двери и окна, становится нестерпимо душно. Тяжелый запах потного платья и грязных сапог смешивается с гарью восковых свечей и с благоуханием ладана. Дым кадила синими клубами возносится кверху. Воздуха не хватает; грудь вздымается тяжело и болезненно, и это физическое страдание от затрудненного дыхания, присоединяясь к напряженности ожидания, становится нестерпимой мукой, вызывает чувство безотчетного страха.

— Скоро ли, скоро ли? — истерически шепчет графиня, судорожно сжимая руку мужа.

Священник выносит крест. Проходит добрых полчаса, пока все присутствующие успевают к нему приложиться. Кончилось наконец прикладывание. Священник на минуту скрывается в алтаре, и затем снова появляется на амвоне; в руках у него сверток гербовой бумаги, с которого висит большая казенная печать.

Глубокий, протяжный вздох проносится по церкви, словно вся толпа вздохнула зараз, одной грудью. Но в эту минуту происходит неожиданное замешательство. Огромное большинство народа, которому не удалось пробраться в церковь, спокойно оставалось на паперти, пока шла обедня, но теперь терпения не хватает. В открытой настежь двери толпа делает дружный и неожиданный натиск вперед, происходит нечто невообразимое. Люди, стоящие впереди, кучами валятся на ступеньки амвона. Крики, ругательства, стоны, визг детей.

— Mon Dieu! mon Dieu! prenéz pitié de nous![17] — чуть не плачет графиня, хотя ей, под защитой клироса, и не грозит никакой опасности.

Дети тоже вне себя от страха.

Через несколько минут порядок в церкви восстановлен. Снова безмолвная, напряженная, благоговейная тишина. Все слушают жадно, сдерживая дыхание, порой только вырвется глухой, сдавленный свист из груди старика, страдающего одышкой, или заплачет грудное дитя; но мать так поспешно, так испуганно принимается его укачивать, что ребенок смолкает моментально.

Священник читает медленно, нараспев, растягивая слова, так же, как он читает евангелие.

Манифест написан канцелярским, книжным языком. Мужики слушают, не переводя духа, но, как они ни напрягают свои головы, из этой грамоты, решающей для них вопрос — быть или не быть, одни отдельные слова доходят до их понимания. Общий смысл остается для них темным. По мере того как чтение приближается к концу, страстная напряженность их лиц мало-помалу исчезает и заменяется выражением тупого, испуганного недоумения.

_____

[17] Боже мой! Боже мой! будь милостив к нам! (*франц.*)

25

Священник кончил чтение. Мужики все еще не знают наверное, вольные они или нет, и, главное, — жгучий, жизненный для них вопрос,— чья теперь земля? Молча, понурив головы, толпа начинает расходиться.

Господская коляска подвигается шагом среди кучек народа. Мужики раздвигаются перед ней и снимают шапки, но не кланяются, как бывало, в пояс и хранят странное, зловещее молчание.

— Ваше графское сиятельство! Мы ваши, вы наши! — раздается вдруг среди общей тишины смелый, пьяный голос и лядявый мужичонка, в изодранном тулупе, без шапки, уже успевший нализаться, пока шла обедня, бросается к коляске, стремясь на бегу прикоснуться губами к господской ручке.

— Не суйся! — злобно отстраняет его рослый парень с угрюмым, мрачным лицом.

———————————

Вечером того же дня вся семья Баранцовых собрана в маленькой гостиной графини. Кроме домашних и m-lle Julie, тут еще и тетушка Арина Ивановна и дядюшка Семен Иванович. В обыкновенное время все сидят по вечерам в разных комнатах, но сегодня чувство общей беды заставляет всех держаться вместе, тесной кучкой. Мама лежит на кушетке в мигрени. M-lle Julie прикладывает ей свежие компрессы к вискам. Папа, заложив руки за спину, расхаживает по комнате мрачный и задумчивый. Дядюшка забился в угол и глубокомысленно сопит.

Тетушка раскладывает гранпасьянс, время от времени громко вздыхая.

На дворе поднялась к вечеру страшная метель; в трубе словно живой кто-то возится и завывает тоскливо и протяжно.

Вдруг налетит порыв ветра, хлопнет ставней, загремит железными листами на крыше. Графиня всякий раз вздрогнет и привскочит на кушетке. В комнате становится все темней и темней. Ампель на столе, как ее ни заводи, горит тускло и копотно; очевидно, следовало бы подлить масла. Но все делают вид, будто этого не замечают. Прислуга вся сегодня разбежалась куда-то, и никому не хочется встать и позвать лакея.

— Мужики у лесковского барина намедни дом спалили! — выговаривает неожиданно тетушка.

— И не то еще спалят! — слышится из угла зловещее карканье старого дяди.

— Да, заварили кашу! — продолжал он через несколько минут унылым, пророческим голосом. — Посмотрим, каково ее будет расхлебывать. Пусть вот она, — он указывает рукой на m-lle Julie, — порасскажет нам, каково было у них в восемьдесят девятом году.

— Mon Dieu! mon Dieu! que l'avenir est terrible![18] — нервно шепчет мама.

— Полноте вздор болтать! Русский мужик не якобинец.

---

[18] Боже мой! Боже мой! как ужасно будущее! (*франц.*)

— Папа говорит спокойно, ободряюще, но видно, что тон этот напускной, что он сам далеко не спокоен.

— Ах нет, Michel, мужик наш зверь, мужик наш хуже французского! — Мама в волнении привстает на кушетке и опирается на локоть. — Ты ведь знаешь, что мужики нас ненавидят . . .

В соседней комнате скрипит дверь. Все вздрагивают и пугливо оглядываются. У мамы вырывается испуганное «ах!»

Это пришел Степан доложить, что чай подан.

Вере пора ложиться спать. В детской никого нет. Она отворяет дверь в коридор. Снизу, из людской, где ужинают люди, доносятся неясные звуки голосов, звон ножей о тарелки, раскаты хохота.

Вере строго запрещено бегать в людскую; но сегодня о ней забыли. Ей и страшно и хочется взглянуть, что-то там делается. Несколько минут она стоит в нерешительности; но она не робкого десятка; любопытство берет верх, и она стрелой пускается вниз, в подвальный этаж.

Там идет пир горой. Поутру настроение духа прислуги было сдержанное, даже несколько подавленное; боязно было еще верить; но к вечеру диапазон повысился. За ужином откуда-то взялась водка; все подпили, сдержанности не осталось и помину. У всех пылают лица, глаза подернулись влагой, волосы растрепаны.

Запах щей и ржаного хлеба, смешанный с тяжелыми парами водки и с едким, разъедающим глаза дымом махорки, нестройные звуки гармоники, пьяные голоса, покрывающие друг друга, — вот что охватило Веру при входе в людскую. При появлении барышни все внезапно стихло и подтянулось; но только на минуту; скоро опять поднялся шум.

— Барышня, а барышня! Подь-ка сюда! Не бойся! — послышался пьяный голос кучера. — Что, господа наверху плачут, чай? Жаль им, что тиранить-то нас им больше не дадут?

— Неправда! Неправда! Вас никто не тиранил. Папа с мамой добрые!

Эти слова криком вырываются у Веры. Она в бессильном гневе топает ногой о землю. Баранцовская кровь проснулась. Ей бы хотелось ударить, прибить этих бесстыжих холопов. Негодование и обида совсем заглушили в ней страх.

— Не тиранили! Как же! А дедушка-то ваш покойный мало на своем веку людей изувечил? Зачем он Андрюшку-столяра не в очередь в солдаты сдал? Зачем он девку Аринью на скотный двор сослал? — раздаются с разных сторон несколько голосов разом.

Гармоника смолкла. Вся дворня собралась кучкой, и посыпались рассказы про доброе старое время, рассказы страшные, возмутительные, какие и во сне не грезились Вере.

— Но ведь то был дедушка, а папа с мамой добрые!

Вера не кричит теперь; она говорит тихо, сквозь слезы, пристыженным голосом.

Минутное молчание.

— Да, молодые господа ничего себе, добрые! — как бы нехотя соглашаются несколько человек.

— Это теперь наш барин присмирел, а как холостым был, и он таки порядком над нами, девками, надругался, — злобно замечает старая подпившая ключница.

— Безбожники вы! Греховодники! Ребенка малого не жалеете! — раздается вдруг гневный, негодующий голос няни.

Она уже давно хватилась своей питомицы и бегала за ней по всему дому; но ей и в голову не приходило искать ее в людской.

Долго не может уснуть в эту ночь Вера. Новые, страшные, унизительные мысли бушуют в ее голове. Она сама не могла бы объяснить хорошенько, чего ей так жалко, почему ей так горько, так мучительно стыдно. Она только лежит в своей постельке и плачет, плачет. А снизу, из подвального этажа, все доносится топанье ног, нестройные звуки гармоники и пьяные, бессвязные взвизгивания плясовой песни.

III

После эмансипации все в доме сразу переменилось. Доходы с имения так уменьшились, что пришлось все хозяйство поставить на иную ногу. Староста из молодца внезапно превратился в мерзавца, то и дело грубил барину, во всем находил затруднения и никогда не приносил денег в срок. Надо было его отставить и взять нового, но с этим все пошло еще хуже. Чуть ли не каждый день словно из земли вырастали старые векселя и обязательства, подписанные графом так давно, что он и забыть о них успел. При виде всякого нового векселя граф выходил из себя, кричал о подлоге, но платить все-таки приходилось. Скоро явилась необходимость продать и Митино, и Степино, и заливные луга, и лес; остались одни только Борки с незначительным клочком земли. Главная беда была в том, что покупать именья теперь мало было охотников, и все шло за полцены.

Большую часть дворни пришлось распустить; та же прислуга, которая осталась в доме, с детства привыкла к лени и безделью и теперь ворчала с утра до ночи на то, что ей прибавилось работы. У господ сердиться и «быть не в духе» сделалось нормальным состоянием. Между собой они тоже постоянно ссорились; но теперешние ссоры так же мало походили на прежние, как холодный обложной осенний дождь мало походит на хороший весенний ливень. Не из-за ревности ссорились теперь граф с графиней, а из-за денег, не из-за чего иного, как из-за денег. Всякий раз, когда графиня приходила просить денег на хозяйство, граф осыпал ее упреками за расточительность, небрежность, отсутствие порядка. Ни один заказ нового платья ей самой или дочкам не обходился без домашней сцены. С другой стороны, стоило графу заикнуться о поездке в город или к кому из соседей, чтобы у графини тотчас разыгрались нервы; но не хорошеньких соседок опасалась она теперь, а того, что муж проиграется в карты или иначе как-нибудь истратит деньги.

С каждым днем дела шли хуже и хуже. Приходилось отказываться от одной прихоти за другой, но денег все-таки не хватало, и концы все не сходились с концами. Как все непрактичные люди, граф с графиней принялись за экономию не с того конца, с какого следовало: в домашнем обиходе они урезывали себя в самом необходимом, дрожали над каждым куском сахара, над каждым сальным огарком; но все крупные расходы по дому и имению оставались те же. Управляющий, староста, экономка, повар, кучер, — все это по-старому наживалось за счет господ, с тою только разницей, что прежде каждый воровал в меру и, так сказать, по-божески; теперь же постоянные сцены, попреки зря, правому и виноватым, вечные угрозы отказать от места ожесточали прислугу: каждый торопился нахапать как можно больше напоследок, и барское добро расточалось с азартом и озлоблением.

Все в доме носило теперь неуютный, скряжнический отпечаток. Под давлением ежедневных разъедающих дрязг и неприятностей и граф и графиня опустились как-то вдруг, внезапно. Когда Вера впоследствии вспоминала свою мать, ей всегда представлялось две различных и вовсе непохожих друг на друга женщины: одна — молодая, красивая, жизнерадостная — это мама ее детства; другая — капризная, сварливая, неряшливая, отравляющая жизнь себе и другим — это мама позднейшего периода.

У всех соседей дела шли на тот же лад. Помещики утратили почву под ногами и стояли недоумевающие, беспомощные, ничего не понимая в том, что с ними творилось. Об удовольствиях или весельях не было и помину. Когда соберутся два-три помещика вместе — сидят они и плачутся и отводят души жалобами на мужиков и на правительство. Все наиболее молодые и энергичные между ними в отчаянии махнули рукой на хозяйство и уехали в Петербург искать службы. В усадьбах остались одни старики.

Лена и Лиза Баранцовы были теперь взрослыми барышнями. Обе изнывали от деревенской скуки и горько роптали на судьбу. Действительно, она сыграла с ними злую шутку. Что сталось со всеми их блестящими надеждами? Все их детство, все их воспитание было, так сказать, только приготовлением к тому счастливому дню, когда наденут на них длинное платье и выпустят в свет. И вот пришел этот день и, кроме скуки, ничего не принес.

Вере тоже жилось не особенно весело. Первая мера экономии в семье Баранцовых состояла в том, чтоб распустить весь персонал детской. M-me Night отказали под каким-то благовидным предлогом; m-lle Julie соскучилась и сама уехала. Родители Веры решили, что держать для нее одной специальную гувернантку было им не по средствам. В губернском городе открылась в это время первая женская гимназия; но туда поступали все больше мещанки, дочери мелких чиновников и купцов, и графиня Баранцова с самого начала возымела отвращение к этому заведению. Решено было отдать Веру в Смольный монастырь.[19] Разговоры об этом шли чуть ли не год; наконец графиня написала своей старинной приятельнице в Петербург, прося ее хорошенько все разведать об условиях приема, и вдруг получился неожиданный и досадливый ответ, что Вера уже выросла из тех лет, как могла бы быть принята в Смольный.

Граф теперь приказал Лене и Лизе заняться воспитанием младшей сестры.

Но это решение пришлось далеко не по вкусу молодым барышням.

— В гувернантки нас готовили, что ли? — ворчали они и принялись за дело нехотя.

Вера была, по их словам, и глупа, и ленива, и непонятлива. Ни один урок не обходился без слез. И учительницы и ученица пользовались всяким предлогом, чтобы сократить его, и так как родители, со своей стороны, скоро, по-видимому, забыли этот несчастный вопрос о воспитании младшей дочери, то уроки мало-помалу совсем прекратились, и в четырнадцать лет Вера оказалась вполне предоставленной самой себе.

Летом еще шло кое-как. Она целые дни проводила в одичавшем парке или бегала по окрестным полям и лесам. Крестьянские ребятишки ее дичились, да, по правде сказать, и она их боялась не меньше. Когда ей случалось проходить через село, ей всегда казалось, что все над ней

---

[19] Императрица Екатерина II (Великая) основала «Институт для благородных девиц» в Смольном монастыре в 1764 г.

смеются и презирают ее; она начинала испытывать какое-то инстинктивно враждебное чувство к мужикам.

Зимой Вере жилось еще хуже, чем летом. Она слонялась по целым дням из угла в угол по большим пустым комнатам, не находя себе нигде дела. Со скуки стала она было рыться в книжном шкафу, но там оказались одни только французские романы, а Вера уже успела почти совсем забыть французский язык, на котором так хорошо болтала пяти лет.

Всего хуже было то, что все в доме постоянно были не в духе. Куда ни придет Вера, все между собой ссорятся, и ей от всех достается. Заглянет она к сестрам — те бранятся из-за какого-нибудь пустяка, из-за тряпки, которую поделить не могут. Если же они, против чаяния, в добром между собой согласии, то уж наверное обе жалуются на родителей: «Сами небось не так жили, когда молоды были. Спустили все состояние, а мы теперь сиди и скучай в деревне».

Придет Вера к матери: застанет там сцену с горничной или с экономкой. Побежит она в людскую: там и того хуже.

Ну, словом, казалось, что все только затем и жили на свете, чтобы взаимно мучить и грызть друг друга. Единственная в доме, которая никого не мучила, никого не грызла и ни на что не жаловалась, это была старая няня. У этой только одна была забота на душе: как бы лампадка перед образом в углу ее комнатки не погасла. Дадут ей несколько копеек на покупку масла, — вот она и счастлива и довольна. Полуслепую, отслужившую свою службу старушку оставили при доме, но все как будто о ней забыли; иногда по целым дням никто и не заглянет к ней за перегородку. Разве горничная вспомнит и принесет ей чего-нибудь поесть или ее прежняя любимица Вера забежит к ней вечерком. Всякий раз при входе в нянину крошечную каморку, где всегда стоит какой-то особенный запах — смесь ладана, деревянного масла и камфары, — удивительное чувство покоя охватывает Веру.

— Скучно, няня, — говорит она, уныло опускаясь на низенький стул и прислоняя голову к деревянному столу.

— Чего, светик, скучать. Богу надо молиться, — спокойно, ласково отвечает няня тем самым голосом, каким уговаривала, бывало, Веру, когда ей было пять лет.

И Вера действительно следует нянину совету и начинает молиться. Молится она горячо, страстно, с какимто исступлением. Увлечение религией, ее обрядовой, внешней стороной начинает мало-помалу наполнять праздную, скучную жизнь предоставленного себе ребенка.

В нынешнем году три недели перед рождеством Вера соблюдала строжайший пост и в самый сочельник ничего не ела до звезды. Зато, когда к началу сумерек приехали, по обыкновению, попы и стали служить всенощную перед временным алтарем, устроенным в углу столовой, она чувствовала такую приятную слабость во всех членах, словно у ней не было больше тела и она каждую минуту была бы в состоянии отделиться от земли.

Синий дым кадил застилает всю комнату густым туманом, сквозь который мерцает пламя восковых свечей.

Пронзительно сладкий запах ладана вызывает легкое голо-вокружение.

— Свете тихий, святые славы, — поют певчие, и Вере кажется, что голоса их доносятся откуда-то издалека.

«Ничего, ничего мне на свете не надо, только служить тебе, господи!» — думает она с умилением.

Душа ее преисполнена чудной, светлой радости, восторженное рыдание вырывается у ней из груди.

В этот самый день над Верой совершилось чудо — по крайней мере она сама признала чудом то, что с ней случилось.

Хотя старая няня была безграмотна, она тем не менее хранила у себя, как святыню, несколько книг религиозного содержания, из которых иногда просила свою маленькую барышню почитать ей вслух. В числе этих книг было «Житие сорока мучеников и тридцати мучениц». Вера, начав раз читать, сама так увлеклась этой книгой, что выпросила ее у няни и зачитывалась ею по целым часам.

«Зачем я не родилась в то время?» — думала она часто с сожалением.

Но в самый тот сочельник, когда она в душе произнесла обет всю свою жизнь посвятить богу, случилось с ней следующее: сидела она вечером одна в бывшей классной, и вдруг попался ей на глаза старый номер «Детского чтения»,[20]

---

[20] Журнал под названием *Детское чтение* выходил в Москве в 1865 г., однако в изданных выпусках журнала упоминаемого автором рассказа не обнаружено.

которое когда-то выписывали для ее сестер. От нечего делать стала она его перелистывать, и первое, что ей открылось, был трогательный рассказ о трех английских миссионерах в Китае, сожженных на костре рассвирепевшими язычниками. И это было всего лет пять-шесть назад. В Китае и теперь язычники! Там и теперь можно стяжать себе мученический венец.

— Господи! Это ты сам надоумил меня! Ты сам указываешь мне путь и призываешь на подвиг!

В волнении и в восторге Вера бросилась на колени. В том факте, что этот старый журнал попался ей на глаза именно сегодня, как бы в ответ на ее жаркую молитву во время всенощной, она видела несомненное доказательство божеского промысла.

С этого дня ее судьба была решена в ее собственных глазах. Все ее мечты приняли определенный образ и определенное направление. Все касающееся Китая ее теперь живо интересует, и у нее выступает румянец, лишь только за обедом речь случайно коснется этой страны. Одного только боится Вера: как бы, чего доброго, Китай не обратился в христианство прежде, чем она успеет совсем вырасти.

IV

Дом Баранцовых стоял на возвышении; к северу гора спускалась отлого к большому пруду, выкопанному, разумеется, руками крепостных людей. Здесь был разбит сад в

38

версальском вкусе с прямыми, выложенными щебнем дорожками, с цветочными клумбами в форме ваз или сердец и со множеством жасминных, сиреневых и липовых беседок. Когда-то эта сторона дома пленила бы взгляд всякого любителя подстриженной природы; теперь же, когда вместо прежнего садовника-артиста с целым штатом помощников при саде состоял всего один мужик-самоучка да два мальчика, он представлял жалкий, мизерный вид. Пруд зарос тиной и служил рассадником бесчисленных поколений комаров; беседки расшатались; на дорожках пробивалась трава. Ничего нет печальнее вычурного помещичьего сада, когда о нем перестанут заботиться.

Зато с другой, не лицевой стороны, над которой меньше мудрили и где природе было предоставлено распоряжаться по-своему, и теперь было очень хорошо. Непосредственно к дому примыкала дубовая рощица, а за ней гора крутым обрывом спускалась к ручью, который в половодье шумел и пенился, во время же засухи представлял из себя песчаную лощинку, в самой середине которой сочилась жиденькой струйкой водица. Весь обрыв густо зарос кустарником; весной он стоял как молоком облитый белыми душистыми цветами черемухи и весь гремел песнями иволги, малиновки, пеночки и разных других мелких птичек. Иногда сюда прилетали и соловьи. Осенью здесь была масса орехов и дикой малины. Зимою же его так заносило снегом, что он представлял одну сплошную покатую белую массу, из которой то здесь, то там торчали черные прутья.

Этим обрывом и заканчивались с этой стороны владения Баранцовых. На противоположном берегу ручья шла уже земля другого помещика, Степана Михайловича Васильцева. Этот последний, впрочем, до сего времени мало беспокоил графов, так как никогда не жил в своей усадьбе. Дом его, деревянный и одноэтажный, вечно стоял с забитыми дверями и с заколоченными ставнями, а запущенный сад превратился в зеленый, тенистый пустырь, в котором, под сенью старых лип, лопух достигал громадных, баснословных размеров, и пушистые головки куриной слепоты повсюду белели рядом с мелкими цветами одичавших колокольчиков, гвоздики и венериных голубков.

Про Васильцева шла молва, что он очень ученый человек. Зимой он жил в Петербурге, где состоял профессором в Технологическом институте; летом, в каникулярное время, уезжал обыкновенно за границу; о своем же небольшом, унаследованном от отца именье, он, по-видимому, совсем и забыл. Но в эту достопамятную зиму перед крыльцом васильцевского дома остановились однажды почтовые сани с бубенчиками; в санях сидели два жандарма, а между ними сам владелец усадьбы.

Дело было очень просто. Васильцев уже давно слыл либералом и состоял на довольно плохом счету у многих влиятельных лиц в Петербурге. В эту зиму по случаю какой-то годовщины профессора и студенты Технологического института устроили банкет, на котором должен был присутствовать великий князь, высокий покровитель

40

заведения. Его высочество дал понять, что ему нежелательно встречаться с Васильцевым; последнему это, разумеется, передали, но он ответил, что пусть в таком случае ему пришлют официальное запрещение участвовать в банкете, в котором он считает себя одним из хозяев, как и всякий другой профессор; официального запрещения, разумеется, не последовало, и в назначенный день он вместе с другими профессорами спокойно занял свое место за столом в актовой зале института.

Дня через два после этого происшествия к нему явился с визитом начальник тайной полиции и любезно предложил ему подать в отставку и отправиться на жительство в свое родовое именье, без права выезда из оного. Для большей безопасности во время дороги к нему приставили двух ангелов-хранителей в жандармских мундирах.

При таких обстоятельствах совершилось водворение Степана Михайловича Васильцева в его отцовской усадьбе.

Легко представить себе, какую сенсацию произвело это событие во всей окрестности. О новоприезжем и о причинах его неожиданного появления пошли немедленно самые нелепые и преувеличенные толки; многие подозревали в нем опасного конспиратора; это подозрение окружало его таинственным, в то же время и устрашающим и привлекательным нимбом, так как в России люди и консервативного образа мыслей, если только непосредственно не принадлежат к тайной полиции, всегда испытывают невольное, инстинктивное уважение ко всякому политическому преступнику.

Баранцовы были ближайшими соседями Васильцева. Не удивительно поэтому, что у двух старших барышень, Лены и Лизы, явилось чувство какого-то естественного права собственности на интересного соседа, посылаемого им самим небом. Он был холост и хотя, по совести говоря, не мог уже считаться молодым человеком, так как ему перевалило за сорок, и еще того менее мог бы прослыть Адонисом, — но при теперешней бедности на женихов и он мог назваться хорошей партией.

Васильцев, вероятно, удивился бы немало, если бы ему сказали, какую роль он играл в разговорах и планах двух девиц. По странной случайности, он в течение всего следующего лета не мог выйти из дому, чтобы не встретиться то с Леной, то с Лизой, и, что еще страннее, чтобы не застать их всегда в каких-нибудь причудливых костюмах и в необычайно живописных положениях. То вдруг наткнется он на резвую Лену, которая, как белка, забралась на дерево и лукаво смотрит на него из-за густой листвы; то увидит он томную Офелию — Лизу, мечтательно склонившуюся к пруду с венком незабудок в руках. И надо было послушать, как испуганно-грациозно вскрикивали барышни, когда их заставали так врасплох.

Но все эти встречи ни к чему не вели. Поклонится Васильцев обрубковато и сухо — и был таков. Разговора никакого не выходило. Не удивительно поэтому, если барышни наконец пришли к заключению, что такого грубого, неотесанного медведя, как их сосед, и свет не производил.

Но если с Леной и Лизой знакомство Васильцева не клеилось, зато с Верой оно завязалось очень просто, и, надо сознаться, далеко не поэтическим образом.

Лето приближалось к концу; начиналась осень: дождливая, грязная, с ранними темными вечерами. Вынужденная, непривычная скука однообразной деревенской жизни все еще часто выгоняла Васильцева за ворота его дома и заставляла его искать развлечения в длинных прогулках. Но, как все люди, никогда не жившие в русской деревне, он часто встречал на своем пути затруднения и попадал, как ему казалось, в большие опасности.

В профессорском кружке, где Васильцев вращался до тех пор, меньше всего пришло бы кому-либо в голову заподозрить его в трусости; наоборот, товарищи постоянно дрожали, как бы он своей неуместной строптивостью и их не подвел под ответ. Когда профессорской карьере его был положен столь неожиданный конец, даже самые храбрые из его приятелей печально соглашались:

— Это было неизбежно! Разве с такой буйной головой, как у Васильцева, можно прожить в России!

Сам Степан Михайлович сознавал себя в душе очень смелым человеком. В своих сокровенных мечтах — в тех мечтах, в которых не признаешься даже близкому другу — он любил воображать себя в разных необычайных положениях и не раз из глубины своего кабинета участвовал в защите баррикады.

Тем не менее, несмотря на свою всеми признанную

храбрость, к деревенским собакам, про которых шла молва, что они прошлой весной растерзали прохожую побирушку, и к деревенскому быку, который уже два раза подымал на рога пастуха, Васильцев питал, надо признаться, очень большое почтение и всячески избегал ближайшего с ними знакомства.

Однажды случилось ему отойти довольно далеко от дома. Большая дорога осталась в стороне. Шел он, по привычке заложив руки за спину, понурив голову, погруженный в мысли и не глядя по сторонам. Вдруг, очнувшись, он увидел себя в довольно затруднительном положении: кругом его топкий луг, в котором, чуть сойдешь с узенькой тропинки, нога уходит по щиколотку в жидкую кашицу. Перед ним довольно широкий ручей, а сзади слышится топот и мычание деревенского стада.

— Эй, пастух! Придержи твою скотину, — подумал было закричать Васильцев.

Но пастух, мальчишка лет пятнадцати, слабосильный и слабоумный — затем его отдали в пастухи, что он ни к какому другому делу не годился — только промычал что-то бессвязное в ответ и загоготал глупым, идиотским смехом.

Васильцев стоял в нерешительности.

— Прыгайте через ручей. Он ведь не глубок! — раздался вдруг молодой, почти детский голос, в котором звучали нотки смеха.

Васильцев посмотрел в ту сторону, откуда пришел ему добрый совет, и увидел на холмике, на противоположном берегу ручья, шагах в двадцати от себя, не то барышню, не то просто девочку, лет пятнадцати, в соломенной шляпке, обвитой выцветшей ленточкой, и в простеньком ситцевом платье, слишком узком в груди и коротком внизу и в рукавах.

Вера, тоже загнанная сюда скукой, уже давно, от нечего делать, наблюдала этого забавного, худого человека, затрудняющегося перед такими пустяками.

— Прыгайте смелей! — закричала она еще раз, но Васильцев все не решался.

Тогда Вера сбежала с холма, бесстрашно зашлепала старенькими ботинками по топкому лугу, притащила откуда-то доску и с размаха перебросила ее через ручей, густо обдав грязью свои белые чулки и серые панталоны соседа.

Очутившись в безопасности, Васильцев, разумеется, тотчас же устыдился своей трусости. Торопливо и конфузливо поблагодарив свою спасительницу, он стоял перед нею, растерянно и принужденно улыбаясь. Уйти немедленно, оставив по себе такое невыгодное впечатление, ему не хотелось; но он решительно не знал, как завязать разговор с этой маленькой дикаркой, разглядывавшей его с беззастенчивым любопытством подростка.

— Что это у вас за книжка? Можно взглянуть? — нашелся он наконец.

У Веры под мышкой ее драгоценные жития.

Васильцев раскрыл наудачу и прочел следующее:

«Император Диоклетиан, осерчав на честного мученика Исидора, повелел страже отвести его в Капитолий...»

— Что за чепуха такая! — невольно вырвалось у Васильцева.

Гневно, негодующе сверкнули синие баранцовские глаза. Быстро схватив свою книгу, Вера повернулась спиной и зашагала по направлению к дому, не оглядываясь.

В течение вечера Васильцеву не раз, против его воли, приходил на ум утренний комический эпизод, и воспоминание это всякий раз вызывало в нем и смех и легкую досаду.

На следующий день, сам не отдавая себе отчета, он опять отправился на место своего вчерашнего посрамления. К своему удивлению, он застал там и Веру. С задумчивым, сосредоточенным лицом она стояла у ручья и как будто поджидала Васильцева.

— Здравствуйте, — сказал он, дружески протягивая ей руку.

— Неужто это все неправда? — проговорила она вместо ответа, подымая на него свои большие глаза, взгляд которых был теперь тревожный, почти умоляющий.

Вчера, услышав такой нелестный отзыв о своей любимой книге, она начала с того, что рассердилась, но скоро гнев сменился другим, более тяжелым чувством.

«Все говорят, что сосед умный и ученый. Он должен все это знать. Ну что, как и в самом деле все это о мучениках сказка?»

Сомнение это было так мучительно, что разъяснить его надо было во что бы то ни стало.

— Это вы о книге, что ли? — засмеялся Васильцев. — Ну, сами вы посудите, барышня. Император Диоклетиан царствовал в Византии, а Капитолий находится в Риме. Как же он мог велеть страже отвести туда честного мученика Исидора?

— Ах, вы об этом! Значит, только это неправда?

— Как только? Кажется, достаточно!

— Ну, а то правда, что мученики были?

— Конечно были.

— И резали их, и жгли, и зверями травили?

— Все это проделывалось.

— Слава богу! — вырвалось облегченным вздохом у Веры.

— Как слава богу, что терзали-то их?

Оригинальная девочка решительно начинала забавлять Васильцева.

— Ах, не то, разумеется, не то, — конфузясь, заторопилась Вера, — я хочу сказать, слава богу, что хоть когда-то были такие хорошие люди, святые, мученики.

— Мученики есть и теперь, — серьезно проговорил Васильцев.

Вера взглянула на него удивленным долгим взглядом.

— Да, в Китае! — сообразила она наконец.

Васильцев опять засмеялся.

— Зачем искать так далеко! Есть и ближе!

Вера все смотрела на него, и на лице ее отражалось все большее и большее недоумение.

— Разве вы никогда не слыхали, что и у нас в России сажают людей в тюрьму, ссылают в Сибирь, подчас даже вешают. Как же вы спрашиваете, есть ли мученики?

— Да ведь у нас же ссылают только злодеев, преступников!..

Эти слова вырвались у Веры сами собой: не успела она их выговорить, как яркая краска залила ей лицо: «Ведь сосед-то сосланный!»

— Случается, что ссылают и за другое, — проговорил Васильцев вполголоса.

Некоторое время они продолжали идти рядом, молча, Вера — потупив голову и нервно теребя пальцами кончики шейного платка. Странные, как будто даже совсем несообразные мысли начали целым роем возникать в ее голове. Она ужасно боялась сказать что-нибудь глупое: неравно, обидит соседа, но вопрос был такой для нее важный, такой животрепещущий, что останавливаться соображениями приличия нельзя было.

— За что вас сослали? — проговорила она вдруг очень быстро, не глядя на Васильцева.

Тот ухмыльнулся.

— Вам очень хочется знать? — спросил он, как бы поддразнивая.

Вера только головой кивнула в ответ, но лицо ее говорило за нее.

— И о мучениках современных тоже хотите знать?

Глаза Веры загорелись еще ярче.

— Хотите, я вам расскажу? Только наперед предупреждаю: придется говорить и о многом другом.

Верино лицо сияет.

— И о Диоклетиане и о Капитолии придется, пожалуй, говорить. Будете слушать?

— Буду, буду!

V

На следующий же день Васильцев явился с визитом к графу Баранцову. Знакомство завязалось скоро, и когда через несколько времени Васильцев пожелал давать Вере бесплатные уроки, то предложение это было принято с благодарностью, тем более что граф, несмотря на свою беспечность, по временам испытывал некоторое угрызение совести при мысли, что младшая дочь рода Баранцовых растет столь же необремененная познаниями, как любая деревенская девчонка.

Сестры Веры с этого времени не сомневались более в том, что ей удалось пленить собою соседа. Они шутливо поздравили ее с ее победой. Подтруниванья над ее «поклонником» скоро вошли у них в привычку.

Вначале эти разговоры и поддразниванья сердили и конфузили Веру. Мало-помалу, однако, она стала находить в них своего рода прелесть. Как хотите, всегда лестно, когда говорят, что кто-нибудь в вас влюблен. Вера даже и в собственных глазах выросла и поважнела с тех пор, как у ней завелся обожатель.

— Ну что? Как он был с тобой сегодня? Не объяснился еще? Да не скрытничай, пожалуйста! Рассказывай все! — приставали к ней сестры после каждого ее урока с Васильцевым.

И Вера, почти что против воли, начинала рассказывать и, тоже против воли, немножко прибавляла. Бог знает, впрочем, как это выходило! Сестры так хорошо умели объяснить и растолковать каждое слово, сказанное Васильцевым, что оно и действительно начинало казаться совсем не таким, как в ту минуту, когда было произнесено.

Вера и сама не заметила, как сосед мало-помалу завладел ее мыслями и как образ его видоизменился.

«Долговязый, невзрачный, немолодой господин, с песочным лицом и такими близорукими глазами, что они, кажется, и в очках ничего не видят!» Вот как описала бы она соседа тотчас после их знакомства у канавы. Теперь же, когда он сделался ее признанным обожателем, ей так хотелось возвести его в герои, что она ежедневно стала открывать в нем новые достоинства. Сегодня она нашла, что у него улыбка приятная; завтра заметила, что, когда он смеется, у него образуются вокруг глаз такие потешные, милые морщинки, и эти морщинки вдруг ей ужасно полюбились.

Она жила теперь в состоянии какого-то хронического

безотчетного ожидания. К каждому уроку готовилась с сердцебиением и во время самого урока сидела нервная, взволнованная, в постоянном трепете: «Не сегодня ли?»

Вера и Васильцев одни в комнате. Урок кончен, но учитель уходить еще не собирается. Он отложил книгу в сторону, опустился в кресло, подпер голову рукой и задумался. Это случается с ним нередко. Вера сидит рядом неподвижно. Ей почему-то стало вдруг неловко, страшно пошевелиться. Она уставилась глазами в небольшую, смуглую, худую руку Васильцева и машинально разглядывает одну толстую синюю жилку, которая, начавшись у кисти, раздвигает в сторону несколько темных волосков и, поспешно суживаясь, извивается до среднего пальца.

Начало уже смеркаться; все предметы мало-помалу тускнеют и очертания стушевываются. По мере того как рука Васильцева задергивается словно дымкой, Вера бессознательно напрягает зрение. На нее находит какое-то странное оцепенение; с каждой минутой все труднее и труднее ей пошевельнуться; сердце колотится сильными, полными ударами; в ушах поднялся звон, словно где-то далеко вода льется.

Васильцев вдруг очнулся из забытья.

— Верочка милая… — начал он мягко, как бы продолжая прежнюю мысль, и ласково положил свою руку на ее.

«Вот оно! — как молния мелькнуло в голове Веры. — Сейчас будет объяснение».

Но ее нервы слишком напряжены. В груди вдруг что-то

сжалось и подступило к горлу; еще одно слово, и она задохнется.

— Пожалуйста! Пожалуйста! Не говорите! Я и так знаю! — вырвалось у ней сдавленным криком.

Она рванулась и отскочила в противоположный угол комнаты.

Ошеломленный Васильцев несколько мгновений глядел на нее молча, растерянно.

— Верочка, что с тобой? — спросил он наконец тихо, боязливо.

Звук его голоса сразу привел Веру в себя, и ей вдруг стало ясно, что она сделала большую, страшную глупость.

Как ей теперь быть? Как ему объяснить?

— Я думала... мне показалось... — бормотала она несвязно, задыхаясь.

Васильцев не сводил с нее глаз, и выражение испуганного недоуменья мало-помалу сменялось на его лице выражением неприятного, досадливого подозрения.

— Вера, я хочу, я требую, чтобы вы мне сказали, что такое вам показалось!

Он стоит перед ней и крепко держит ее руки. Его голос звучит сурово, металлически. Голубые близорукие глаза, как два винта, впиваются в ее лицо. Под влиянием этого пристального, допытывающего взгляда Вера чувствует, что теряет всякую волю, всякое самообладание. Она знает, что признание будет ужасно, но если бы дело шло о жизни и смерти, она все-таки не могла бы ему не ответить, не могла бы не сказать правды.

— Я думала . . . что вы влюблены в меня! — послышался наконец чуть внятный, прерывающийся шепот.

Васильцев, как ужаленный, выпустил ее руки.

— Ах, Вера, и вы не лучше других, такая же кисейная барышня! — проговорил он укоризненно и вышел из комнаты.

Вера осталась одна, несчастная, уничтоженная.

«Господи! Стыд какой! Как жить после такого позора!» Эта мысль первая приходит ей в голову на следующее утро, после нескольких часов тревожного, лихорадочного забытья.

Еще рано. С кроватей сестер доносится их ровное, мерное, сонное дыхание. Они вчера ничего не заметили, ни о чем не догадываются; но что они скажут, когда узнают! Быть в течение целого месяца героиней интересного, увлекательного романа и вдруг оказаться просто глупой, заносчивой девчонкой! «О, какой стыд, какой стыд!»

Вера прячет голову под одеяло и плачет горько, конвульсивно, кусая зубами подушку, чтобы заглушить рыдания.

Лена повернулась на своей кровати. Сестры начинают просыпаться.

«Только бы они ничего не заметили!» Эта мысль внезапно осушает Верины слезы. Она встает как ни в чем не бывало, одевается, в течение всего дня ходит, разговаривает, даже смеется, как будто ничего не случилось. Иногда ей действительно удается забыть на минуту о вчерашнем, но на сердце все та же тупая, неотвязная, новая совсем боль.

Опять наступил день, назначенный для урока.

«Что-то теперь будет!» — думает Вера и вся холодеет при мысли о свидании с Васильцевым.

К трем часам прибегает мальчик из соседской усадьбы с письмом от барина: он нездоров, просит извинить его, на урок прийти не может.

«Слава богу!» — думает Вера с облегчением.

Опять начинается для нее прежняя скучная, незанятая жизнь, как было до Васильцева. Опять слоняется она по целым дням из угла в угол, не зная, что с собой делать, за что приняться. Как ни скрытничала она, сестры все же что-то такое заподозрили и пристают с обидными, навязчивыми расспросами. Вера всячески избегает теперь их общества.

Таким образом прошла одна неделя, началась другая. Васильцев все не являлся. «Никогда он не придет больше!» — думала Вера с какою-то злобною тоскою. Но однажды сидела она одна в пустой классной, рассеянно и безынтересно перелистывая уже раз десять прочитанную книгу, как вдруг в коридоре послышались знакомые шаги.

Кровь вся прилила ей к сердцу; на минуту ей показалось, что оно перестало биться. Первым ее импульсом было вскочить и убежать, но, прежде чем она успела выполнить свое намерение, Васильцев был уже в комнате.

Вид у него был спокойно-добродушный, совсем как всегда, как будто ничего особенного не произошло и этих мучительных десяти дней и не было совсем. А Вера? Она так ненавидела его в эту неделю, но теперь наплыв безумной, дух захватывающей радости вдруг охватил все ее существо. Конечно, ей было стыдно, до боли стыдно, но радость все же была преобладающим чувством.

— Вера, дружок мой, так продолжаться не может! — Он говорил ровным, ласковым голосом, словно обращается к ребенку. — Между нами вышло маленькое недоразумение, — очень неприятное, досадное недоразумение, — но теперь мы потолкуем хорошенько раз навсегда и потом совсем забудем о нем и будем друзьями по-прежнему. Ведь мне уже сорок три года, Верочка; ведь я старик, чуть не в три раза старше вас; вы мне в дочки годитесь, а не в жены. Влюбиться в вас было бы с моей стороны не только глупостью, но и подлостью. Да я, слава богу, и не думал никогда в вас влюбляться. Зато полюбил я вас сильно и искренне, и крепко хочется мне, чтобы из вас хороший человек вышел. Ведь только кисейные барышни воображают себе, Верочка, что не может мужчина побыть получасу в их обществе, чтобы тотчас не начать им куры строить, а ведь вы же не кисейная барышня? Не правда ли?

Вера стоит молча, потупив голову; крупные слезы

дрожат на ее длинных ресницах, но она и не думает ненавидеть Васильцева в эту минуту.

— Послушайте, друг мой, дайте мне вашу руку, — продолжает Степан Михайлович. — Чтобы доказать вам, как я дорожу вашей дружбой, я скажу вам то, чего уже много, много лет никому не говорил. Раз в жизни я действительно любил одну девушку. Лучше, милее ее я никогда не встречал женщины. Но судьба ее была ужасна. Это было сейчас же после Каракозовского покушения.[21] Тогда ведь всех хватали и забирали; достаточно было одного неосторожного слова, чтобы попасть в тюрьму. И ее посадили. Тюрьмы были переполнены, и ей пришлось просидеть шесть месяцев в сыром, темном подвале, который водой заливало. А она была нежная, слабая такая! Когда пришла наконец очередь разобрать ее дело, оказалось, что никаких улик против нее нет. Пришлось ее выпустить. Но в этом ужасном подвале она схватила страшную болезнь, хуже какой нет, кажется, на свете: у ней сделался костоед лица — тюремный костоед, он так и называется. В течение целых трех лет после этого, Верочка, она умирала медленной смертью. Я, разумеется, не отходил от нее ни шагу за все это время; каждый день должен был я видеть, как ужасная, неумолимая болезнь обезображивает, съедает ее, живую. Страдания ее были так велики, что даже я, который любил ее больше всего на свете, должен был звать смерть, как

---

[21] Неудачное покушение Д. В. Каракозова на Александра II произошло 4 апреля 1866 г. в Петербурге.

избавление. Теперь вы понимаете, Верочка, что, когда человек перенесет такое в жизни, то он не может смотреть на любовь, как на шутку. Да, поистине сказать, в стране, где подобные вещи возможны, и права почти не имеешь думать о личной любви, о личном счастье.

Голос Васильцева пресекся от волнения. Вера горько, молча рыдала.

Немного погодя Васильцев показал ей портрет своей бывшей невесты до ее страшной болезни: красивое, интеллигентное смуглое лицо с темными, мечтательными глазами. Вере показалось, что никогда в жизни не видала она лица лучше этого; с благоговением прикоснулась она к портрету губами, как к лику мученицы, и со слезами на глазах повторила свой прежний детский обет добиваться мученического венца. Только не в Китай она за ним отправится; теперь она знает, что венец этот составляет удел многих в России.

С этого дня недоразумений между Верой и Васильцевым больше не было, и дружба их была скреплена прочно, навсегда.

VI

На дворе конец апреля. Весна в нынешнем году пришла как-то разом, внезапно. После того как вскрылись реки и сошел снег, долго еще стояли холода; все развивалось медленно, вяло, словно нехотя, шаг вперед — два назад. Каждую травку, каждую былинку как будто упрашивать и уговаривать надо было, чтобы она решилась стряхнуть с себя зимнюю спячку и высунуть из-под земли кончик нежного, зябкого листочка. Настоящего весеннего азарта ни в ком не замечалось.

Вдруг раз ночью собрался тихий, теплый дождик, и с этой минуты какое-то волшебство пошло. Словно бродила какие-то стали сыпаться на землю вместе с мелкими, душистыми каплями весеннего дождя. Все зашевелилось, все вдруг возгорелось желанием жить. Каждый заторопился, полез вперед, толкая и давя других, как будто боясь опоздать к сроку. Всякий решился постоять за себя и за свое право на существование.

Проснулись на следующее утро жители Борков, да так и ахнули. Что это за одну ночь поделалось! Не узнать ни сада, ни полей, ни леса. Вчера вечером все это было черно, голо; теперь все подернулось легким зеленым налетом. И воздух не тот, что вчера. И пахнет не так, и дышится иначе.

В настоящую минуту — самый разгар спешной неугомонной весенней горячки. Березки уже оделись нежной, прозрачной, как кружево, листвой. Огромные, набухшие почки тополя роняют на землю клейкие, смолистые чешуйки, наполняя воздух пряным, опьяняющим ароматом. Желтая душистая пыльца с ольховых и орешниковых сережек носится повсюду вместе с беленькими лепестками черемухи и вишни. Ели пустили вверх огромные светлые ростки, которые торчат прямо, как свечи, и странно выделяются среди старых, прошлогодних хвой. Только дуб один стоит еще голый, угрюмый, словно и не помышляя о весне.

С юга каждый день прилетают новые гости. Уже с неделю тому назад обрисовался на небе первый черный треугольник журавлей. Дятел застучал в дупле старого бука. Ласточки снуют под крышей балкона, разыскивая свои старые гнезда, и ведут ожесточенную борьбу с воробьями, успевшими в течение зимы завладеть их старинной собственностью.

Из почвы поднимаются теплые испарения. Кажется, так и чувствуешь, как там, внизу, в недрах земли, идет какая-то странная, таинственная работа. Шагу сделать нельзя, чтобы не ступить на зародыш какой-нибудь новой, молодой жизни — плесени, травки или насекомого. В пруде идут оживленные любовные объяснения. Каждая канавка так и кишит миллиардами самых разнообразных, самых причудливых форм существования; и все это копошится, все это хлопочет, все это проникнуто сознанием важности своего собственного *я*.

В бывшей классной баранцовского дома сидит, склонившись над письменным столом, молодая девушка, лет восемнадцати, стройная и высокая, с тонким, словно выточенным, профилем и с задумчивыми синими глазами, окаймленными черными ресницами. Перед ней на столе лежит открытая книга, томик Добролюбова, но видно, что ей трудно сосредоточить мысли на том, что она читает. Она поминутно подымает голову, откидывается на спинку стула; руки ее начинают машинально играть костяным ножиком, а в глазах является выжидательное, напряженное выражение, как будто она прислушивается, не идет ли кто.

В этой молодой красавице трудно было узнать прежнего смуглого, худенького подростка Веру. После памятного ей объяснения с Васильцевым прошло три года. По-видимому, эти годы прошли тихо, без всяких событий и потрясений, но для Веры они были богаты внутренним содержанием. Дружба ее с Васильцевым все росла и крепла; зато от всех своих домашних она как-то совсем отбилась. Сестрам надоело дразнить ее соседом, и они махнули на нее рукой. Так как близость ее с Васильцевым началась, когда она была девочкой, то родители, по привычной беспечности, не считали нужным ей препятствовать и теперь, когда Вера стала взрослой барышней.

За последнее время, однако, акции Васильцева в глазах соседей-помещиков сильно упали. За ним числилось несколько очень важных провинностей. Во-первых, он отдал своим крестьянам без выкупа всю землю, которою они прежде владели оброчно, и тем не только нанес чувствительный ущерб собственному карману, но и показал зловредный пример всему уезду; во-вторых, его заподозривали в том, что он и в чужие дела мешается, дает чужим крестьянам непрошеные советы и расстроил не одну хитроумную комбинацию, придуманную то тем, то другим помещиком при разделе с бывшими крестьянами.

Вообще, хотя явно ни в чем противозаконном Васильцева нельзя было уличить, тем не менее все соглашались, что он ведет себя совсем не так, как следовало бы в его положении, и, по-видимому, совершенно забывает, что ссылка в собственное имение за политические дела обязывает человека к особой осторожности. Кое-кто из приятелей пробовал уже намекнуть ему, что и губернатор начинает на него зубы точить, но он и на это не обратил никакого внимания.

Тогда как помещики дулись на Васильцева, крестьяне души в нем не чаяли и не могли нарадоваться его приезду. В первое время они, правда, дичились его и даже к отдаче им земли без выкупа отнеслись недоверчиво.

Потом они решили, что он, должно быть, простоват. Мало-помалу они убедились, однако, что и глупостью его поступков объяснить нельзя. Увидели они, что всякий раз, когда обратишься к нему за делом, получишь от него либо помощь, либо толковый, разумный совет. С этих пор ему от мужиков отбоя не стало. Надо ли разъяснить какой-нибудь запутанный семейный вопрос или написать прошение в суд, — так они к нему гурьбой и тащатся.

В свободное время Вера с Васильцевым занимается чтением и разговорами; разговоры у них бесконечные, все больше о предметах абстрактных, их лично не касающихся. Как и три года назад, так и теперь часто говорят они о современных «мучениках»; Вера, как и прежде, нет, в сто раз сильнее прежнего, преисполнена решимости пойти по их стопам.

Но мученический венец — это впереди, когда-нибудь, в отдаленном будущем; теперь же, пока, жизнь ее чудно хороша и с каждым днем становится все полнее и лучше.

Только вот последние дни были скучноваты, тоскливы. Васильцеву пришлось куда-то уехать по делам крестьян; две недели его не было дома. Страшно как тянется время, когда нет надежды вечером поговорить с другом! Как-то ни к чему и охоты нет, никакое дело в руках не спорится!

Но, слава богу, конец этим дням! Сегодня пополудни прибежал мальчик из соседней усадьбы сказать, что барин вернулся и вечером будет с ними чай кушать.

«Через каких-нибудь полчаса он здесь будет!»

Наплыв такой сильной, неудержимой радости охватил Веру, что она не могла усидеть на месте, бросила в сторону книгу и подошла к окну. Косые лучи заходящего солнца обдали ее огненным румянцем и заставили быстро-быстро зажмурить глаза.

«Как хорошо на дворе! Никогда еще, кажется, не было такой восхитительной, такой дивной весны! И как все растет! Просто чудеса, да и только! Сегодня поутру совсем была голая горка, а теперь целые пригоршни можно бы нарвать буковиц и подснежников. Точно из земли они готовые выползли! В сказке говорится про одного молодца, у которого было такое тонкое зрение, что он видел, как трава растет. Да весной это не мудрено! Если бы только глядеть попристальней, кажется, и я бы могла... Что это? Кукушка в лесу закуковала. Первая в нынешнем году... Господи, какая прелесть! Так хорошо, что даже сердце щемит и плакать хочется!»

Когда вошел наконец Васильцев, Вера бросилась навстречу ему так горячо, что он потерял обыкновенное самоообладание.

Он берет ее за обе руки и смотрит на нее нежно и с восхищением.

— Что с вами сделалось, Вера? Я с первого взгляда просто и не узнал вас! Две недели тому назад я оставил вас девочкой, а нахожу ...

Он не договаривает, но взор его говорит недосказанное.

Верины щеки покрываются ярким румянцем, и она невольно опускает глаза. Ей так хорошо, так отрадно с ним. Эти две недели, действительно, произвели в ней какую-то перемену. Никогда прежде не холодели у ней руки и не пылали так щеки в его присутствии. Машинально, чтобы скрыть свое волнение, она начинает перебирать книги на столе.

— Нет, Вера, сегодня заниматься не будем. Давайте лучше так посидим.

Он опускается на стул возле открытого окна и закуривает папиросу. Вера садится рядом; сердце у нее бьется шибко, шибко, словно трепещущая птичка.

На дворе уже стемнело. Высоко над головой небо темно-синее, но, спускаясь к западу, оно постепенно бледнеет и на горизонте окаймляется светло-янтарной полосой. Лягушки на пруду затянули дружный хор. В углах комнаты и на потолке тоненький писк первых комаров сливается в протяжный, замирающий гул. Майский жук грузно пролетел мимо окна, наполнив воздух шумливым, басистым жужжаньем.

В кустах, отделяющих кухню от сада, мелькнуло что-то светлое. Женская фигура, с платочком на голове, остановилась на минуту в нерешительности, зорко осматриваясь, не следит ли за ней кто; потом быстро-быстро засеменила по направлению к роще. Через минуту оттуда доносится ласковый мужской шепот и тихий, счастливый смех. Издали со стороны фермы несутся жалобные звуки тростниковой дудочки деревенского виртуоза-пастуха.

— Расскажите мне про это дело с мужиками. Я так много страшного и гадкого слышала сегодня за столом, — начинает вдруг Вера, но она, очевидно, принуждает себя говорить; голос звучит неестественно.

Васильцев вздрагивает, словно пробужденный.

– Да, понимаю, что меня осуждают, — говорит он, проводя рукой по лбу. — Но я не отчаиваюсь, что мне удастся склонить общественное мнение в пользу этих несчастных крестьян. Я вам все это подробно расскажу, Вера, но после. Теперь не могу!..

Опять несколько минут молчания; только комары пищат, и пастух заливается на своей дудочке.

— Вера, помните ли один наш разговор, три года назад.

Я тогда был так уверен в себе, что никогда этого не случится... А между тем . . . Вера, скажите, я вам совсем стариком кажусь?

Эти последние слова вылетают чуть внятным, дрожащим шепотом. Вера хочет что-то ответить, но голос ее обрывается.

Бог знает каким образом рука Васильцева оказывается на ее руке. От этого прикосновения у обоих захватывает дыхание, слова не приходят им на язык, обоим страшно пошевелиться.

— Степан Михайлович! Вера! Здесь ли вы? — раздается звонкий голос Лизы в коридоре.

Васильцев быстро отскакивает.

— До завтра, Вера! — говорит он и, перешагнув через низкое окно в сад, скрывается в темноте.

Весенняя ночь, волнующая, душистая, полная таинственных чар и страстного замирания, плывет по небу. Огни на селе погашены. Все звуки мало-помалу стихают. Дудочка пастуха давно умолкла. Лягушки присмирели, комары и те угомонились. Время от времени пронесется только какой-то странный шелест в кустах, на пруде всплеснет что-то, или порыв ветра донесет из дальнего села жалобный вой цепного пса, томящегося одиночеством в эту чудную, страстную ночь.

Вере не спится. Ей душно сегодня в большой прохладной спальне, которую она занимает теперь одна, отдельно от сестер. Она встает с постели, открывает окно и прикладывается горячей щекой к холодному стеклу. Но это ее не освежает; лицо пылает по-прежнему и так же томительно сладко замирает сердце, та же неясная, полная блаженства тревога охватывает все ее существо.

Как тихо все кругом! Роща кажется теперь огромной, глубокой; деревья стоят такие большие, черные, точно сдвинулись вместе, точно сговариваются о чем-то, точно скрывают какую-то странную важную тайну. Среди ночной тишины раздается вдруг тихий, переливчатый звон; это почтовая тройка проезжает по большой дороге. Воздух так чист, так прозрачен, что бряцание бубенчиков слышно уже издалека, верст за пять; на минуту оно замолкает; должно быть, тройка заехала за горку; но скоро она опять раздается явственно, все ближе и ближе; видно, тройка несется быстро, во всю прыть, теперь слышно и хлопание кнутом, и голос ямщика, и лошадиный топот. Но вот опять звуки удаляются. Странно! Они точно оборвались сразу; должно быть, тройка остановилась где-нибудь поблизости.

Удивительно, право! Как волнует звук почтовых бубенчиков ночью! Ведь знаешь, что интересного некого ждать. Вернее всего — это приехал мировой посредник или становой нагрянул в село для следствия о какой-нибудь потраве. А все же, как услышишь этот тоненький, серебристый звон на большой дороге, сердце так и забьется. И вдруг потянет куда-то вдаль, в какие-то неведомые страны.

— Господи, как жизнь хороша!

Вера невольным, машинальным жестом складывает руки, как бы для молитвы. Васильцев называет себя материалистом, и Вера тоже знакома со всеми новыми теориями и думает серьезно, что совсем больше не верует в бога. Но тем не менее в эту минуту душа ее преисполняется страстной, беспредельной благодарности к кому-то, кто даровал ей счастье, и по старой, детской, неизгладимой привычке она обращается с горячей мольбой к богу, существования которого не признает.

— Господи! Я знаю, что на свете есть много горя, много несправедливости, много нужды! Я хочу послужить людям, я готова жизнь за них отдать! Только после, после, господи! Теперь так хочется, так мучительно хочется счастья!

На минуту Вере удается забыться тревожным сном.

«До завтра!» — проносится вдруг ярким лучом в ее сознании, и опять начинается для нее томительно сладкая тревога, горячая, блаженная лихорадка.

Заря уже занялась на небе. Вторые петухи пропели; воробьи зачирикали под окном шумливо и озабоченно — а она все не спит, все мечется на постели с пылающим лицом и с похолодевшими руками. Лишь после восхода солнца уснула она наконец крепким, свинцовым сном.

Зато и спала она долго. Было поздно, уже недалеко от полудня, когда снова охватило ее неясное сознание чего-то удивительно счастливого, что произошло вчера. Как хорошо просыпаться на следующий день после большой, неожиданной радости!

Вера лежит и нежится в своей постельке.

«Что же это я, однако? А ребятишки-то мои!»[22] — пронеслось в ее голове.

Она вскочила и собиралась уже одеваться, но посмотрела на часы, увидела, что так поздно, и подумала, что урок все равно прогуляла и торопиться не стоит. Решив это, она опять улеглась в постель и закрыла глаза, тихо улыбаясь своему будущему близкому счастью.

В комнату, осторожно ступая и приглядываясь, не спит ли барышня, вошла горничная.

— Анисья, матушка, что ж ты меня раньше не разбудила? — весело приветствовала ее Вера.

— Я уже раз пять входила, барышня; да вы так сладко спали; жаль было вас тревожить.

«Что это у ней сегодня лицо такое странное?» — подумала Вера.

— А у нас, барышня, беда случилась! — проговорила вдруг Анисья тем особенным, взволнованным и все же как будто довольным голосом, которым прислуга всегда сообщает важные новости, какого бы свойства они ни были.

— Что такое? — вскрикивает Вера, привскакивая на кровати.

Она еще не знает, в чем дело, но сердце ее уже чует беду.

---

[22] Очевидно автор здесь что-то опустила из повествования. Возможно, она упомянула в другом варианте, что Вера учит деревенских детей («мои ребятишки»).

— К соседу сегодня ночью полиция нагрянула, — сообщает Анисья.

VII

Как гром разнеслось по дому ужасное известие: сегодня ночью перед крыльцом васильцевской усадьбы снова остановилась почтовая телега с жандармским полковником и двумя ангелами-хранителями более низкого чина. Полковник показал Васильцеву бумагу, снабженную казенным штемпелем и казенной печатью. В бумаге этой стояло, что дворянин Степан Михайлович Васильцев — лицо весьма опасное для спокойствия края. Поэтому губернатор на основании власти, свыше ему данной, предлагает ему переменить свое теперешнее место жительства на прекрасный, хотя и несколько более отдаленный город Вятку.

Три дня и три ночи предоставляется ему на устройство своих дел. Но по истечении этого срока предписано препроводить его к месту назначения.

Можно представить себе, какое впечатление произвело это известие на всю баранцовскую семью. Всех больше струсил сам граф. Он обладал тем, нельзя сказать редким в России, свойством, что при закрытых дверях любил пофрондировать, полиберальничать и почесать язык на счет правительства, но стоило синему воротнику мелькнуть на горизонте, и он немедленно съеживался и превращался в самого смиренного, самого верноподданного царского служителя.

В данном случае свойственная ему трусливость усугублялась еще заслуженными упреками совести: как мог он допустить такое сближение между своей дочерью и вольнодумцем? Где у него были глаза? Васильцев, вчера еще почтенный, зажиточный помещик, прекрасная партия, сегодня вдруг разом превратился в бездомного бродягу, в человека, с которым и знаться-то небезопасно. О свадьбе между ним и Верой не могло теперь, разумеется, быть и речи, и девушка оставалась навсегда компрометированной, опозоренной.

Как всегда бывало во всех затруднениях жизни, граф и теперь поторопился заглушить чувство собственной ответственности упреками другим.

— Вот, матушка, только и умеешь со своими нервами возиться, а за дочкой не могла присмотреть! — упрекнул он жену.

Графиня и сама ясно сознавала, какой позор падает на их семью от этого происшествия, и наперед уже предвкушала сладость тех невинных вопросов и соболезнований, которыми ее осыпят губернские дамы на первом же собрании в городе.

Всем домом, даже прислугой, овладела та особенная, безотчетная паника, какую вид синего мундира имеет способность вызывать в России. Все ждали неминуемой беды.

— Полиция, полиция к нам едет! — с криком вбежала доложить девочка Феня, заслышав раз на большой дороге почтовый колокольчик.

При этом страшном известии все словно обезумели от страха. Графиня убежала в свою спальню и улеглась в постель, как в самое безопасное убежище. Граф бросился в комнату Веры и, схватив в охапку, без разбору, все книги и бумаги, какие попались ему под руку, побросал их собственноручно в топившуюся как на беду печку. Прислуга вся куда-то разбежалась.

Оказалось, однако, что тревога была напрасная. Это просто проезжал акцизный чиновник, но все долго не могли успокоиться от пережитого волнения.

Что касается Веры, то обрушившийся на нее удар был так неожидан, так подавляющ, что она была ошеломлена им и не сразу могла постичь всю глубину своего несчастия.

Что Васильцева от нее увезут совсем, навсегда — эта мысль была так невообразимо ужасна, что как-то еще не укладывалась в ее голове. Что будет после его отъезда, — она не думала. Это «после» представлялось ей какой-то черной бездонной пропастью, в которую без головокружения и заглянуть нельзя было. В настоящую минуту ее главная тревога, ее самый настоятельный, самый мучительный страх состоял в одном: чтобы он не уехал, не простившись с нею. Увидеть его еще раз, хоть на часок, хоть на минутку, — потом будь что будет! Иногда ей казалось даже, что стоит им увидеться, и все опять будет хорошо, все так или иначе уладится.

Все ее желания, все ее мысли, все ее стремления сосредоточились теперь на одном: повидаться с ним. Но устроить свидание было не легко. Васильцева, разумеется, держали эти дни пленником в его собственном доме, под строжайшим присмотром жандармов.

За Верой тоже был бдительный надзор. Что она собирается выкинуть какую-нибудь отчаянную штуку, все подозревали в семье; поэтому на нее наложили род домашнего ареста; днем мать и сестры ни на шаг не отпускали ее от себя; ночью Анисье было поручено следить за ней.

Прошло уже два дня, а Вере, как она ни изощряла свой ум, все не удавалось еще уйти тайком из дому. Даже весточки от Васильцева она не имела, так как прислуге было строго-настрого повелено собаки из соседней усадьбы на двор не пускать.

Оставалась всего одна ночь. Завтра чуть свет его увезут, и тогда — конец всему. При этой мысли Вере показалось, что она с ума сходит.

— Анисья, родная моя, голубушка! Отпусти меня к нему! На часок, всего на один часок! Никто не узнает, — взмолилась она приставленной к ней горничной.

— Что вы, барышня, и думать не могите! — испугалась сперва Анисья и даже руками замахала от ужаса.

— Анисья! Вспомни о твоей молодости! Сама ты мне рассказывала не раз, как вам прежде, в крепостное время, тяжело жилось. А ведь ты-то подумай: за вас же, за мужиков, Степан Михайлович страдает.

— Ох, барышня, болезная вы моя, и не говорите! Сама я знаю, что сосед добрый был барин. И нам, слугам, его жалко, поверите ли, до слез жалко! И вас, барышня, жалеем мы. Вот, думали, парочка-то будет! Не раз сердце радовалось, на вас глядючи. Да что поделаешь! Господня воля!.. Барышня, матушка, да что вы! С ума, голубушка, сошли! У меня, у холопки подлой, в ногах валяетесь.

Вера в отчаянии бросилась на колени перед Анисьей и целовала ее руки.

— Анисья, если не отпустишь меня, то знай, что на тебе моя кровь лежать будет. Вот тебе крест, что руки на себя наложу, коль не удастся повидать его до отъезда.

Не каменное было сердце у Анисьи. Со многими вздохами, со многими причитаниями обещала она наконец выпустить барышню с заднего крыльца немножко позднее, когда все в доме улягутся.

Была ночь уже на дворе, когда Вера, одевшись в Анисьино платье и накинув на голову черную поношенную шаль, крадучись, вышла из дому. В последние дни опять стало холоднее, и хотя днем солнце жарко грело, но к вечеру завернул даже легкий морозец; лужи на большой дороге подернулись тонкою, как скорлупа, ледяною корочкой, которая хрустела под ногами Веры. Легкий озноб пробегал по ее членам. Так как ручей, отделявший друг от друга обе усадьбы, теперь разбушевался и вышел из берегов, то обычным путем через обрыв идти нельзя было, а приходилось делать обход версты в две. Никогда еще не случалось Вере быть одной в поле ночью. Знакомая дорога казалась ей теперь совсем иною, чем днем. Все предметы вдруг изменились и стали неузнаваемы.

Вера шла вперед, не оглядываясь. Она не чувствовала ни страха, ни волнения; даже печаль о предстоящем отъезде Васильцева и та улеглась. Легкое головокружение, далеко не неприятное, как туманом заволакивало ее мысли. Ноги ее вдруг стали так легки; тело совсем не ощущалось. Она шла, как во сне, и опомнилась лишь перед самыми воротами васильцевской усадьбы.

Там все уже было темно; видно было, что все уже спят. Только в одном окне из-под спущенной шторы слабо пробивалась полоса света.

Вера постучалась в ворота, сперва тихо, нерешительно. Никто не откликнулся; тогда она стала стучать все сильнее и сильнее. Две собаки выскочили из-под ворот и подняли злобный, оглушительный лай. Наконец послышались шаги. Жандарм, заспанный, в башмаках на босу ногу и в мундире, небрежно накинутом на плечи, пришел с фонарем отворять ворота.

— Чего надо? Кто там ночью шляется? — проворчал он сердито. — Э-э, да это мамзель какая-то . . .

Досада сменялась удивлением.

— Мне барина надо, — проговорила Вера чуть внятно. Она дрожала всем телом, но робости больше не ощущала.

Жандарм приподнял фонарь так, чтобы свет его прямо пал на Верино лицо, и принялся ее разглядывать бесцеремонно и не торопясь.

«Горничная, надо полагать!» — решил он мысленно. Лицо его все более и более прояснялось.

— Послушай-ка, красавица, а тебе, видно, хорошо знакома дорога к барину ночью! — проговорил он наконец с усмешкой. — Но сегодня, видишь ли, потрудней будет до него добраться, — прибавил он, внезапно меняя тон и становясь опять суровым.

— Пустите меня, ради Христа, пустите! — взмолилась Вера.

Из слов жандарма она поняла только, что ее не пустят к Васильцеву, что ей придется уйти, не увидав своего друга. Голос ее звучал такой мольбой, таким отчаянием, что жандарм, по природе слабый к женскому полу, не устоял.

— Ну-ну! Не реви! — успокоил он ее добродушно. — Посмотрим, чем тебе услужить сможем . . . А полковнику-то все-таки придется доложить . . . — присовокупил он, подумав немножко.

Он пропустил Веру в ворота, провел ее по двору и велел подождать в передней, а сам пошел за перегородку к полковнику, который уже лег почивать, но проснулся от шума.

То же странное оцепенение, то же полное равнодушие ко всему, как и по дороге, снова овладело Верой. Не смущаясь нимало, услышала она, как жандарм доложил своему начальнику, что любовница Васильцева пришла с ним проститься. Она услышала, как полковник отпустил вольную шуточку на ее счет и осведомился, смазливенькая ли девчонка. Все это долетело до ее слуха, не производя на нее ни малейшего впечатления, как будто касалось совсем не ее.

— Эх, черт! Пусти ее! Пусть его себе повеселится напоследок, — решил наконец полковник.

Жандарм отворил дверь во внутренние комнаты, и Вера стрелой бросилась туда.

— Ишь как загорелось! — засмеялся жандарм. — Но послушай-ка ты, как тебя звать, душенька, и нас не забудь в другой раз, когда милый-то твой уедет! — прокричал он ей вслед.

Но Вера ничего не слыхала. Она пробежала одним духом две-три комнаты, отделявшие ее от закрытой двери, сквозь щель которой пробивался слабый свет.

Васильцев сидел в спальне, служившей ему и кабинетом. Он еще не раздевался и был погружен в разбор своих книг и бумаг. Большая просторная комната имела теперь тот жалкий, беспорядочный вид, какой бывает обыкновенно перед отъездом. На узкой железной кровати с откинутым одеялом в углу было навалено белье, портфели и тетради. Лоскутки бумаги, разорванные письма, старые счета валялись на полу. Два больших деревянных ящика битком были набиты книгами; зато голые полки вдоль стен имели вид обнаженных черных скелетов. Посередине комнаты лежал раскрытый чемодан, из которого торчало белье, платье и пара сапог.

Когда Вера открыла дверь, ее в первый раз, с тех пор как она вышла из дому, охватило такое сильное волнение, что на минуту ей почудилось, будто сердце у ней перестало биться. Она остановилась на пороге, будучи не в силах сделать шаг вперед или сказать единое слово.

Васильцев сидел к ней спиной, нагнувшись над письменным столом, и так был погружен в свое дело, что не заметил даже, как скрипнула дверь. Но когда через минуту он случайно обернулся и вдруг увидел бледную высокую фигуру Веры в дверях, лицо его не выразило удивления, а только одну бесконечную радость: он как будто ждал ее и был уверен, что она придет. Он бросился к ней и несколько секунд они стояли друг перед другом, взявшись за руки, молча, так как у обоих как судорогой было сжато горло. С сдавленным рыданием Вера наконец рванулась к нему.

Легкий шорох шагов послышался за дверью, в комнате почувствовалось вдруг невидимое присутствие постороннего лица. Нервная дрожь, как от физического отвращения, пробежала по всему телу Васильцева.

— Вера! друг мой, успокойся, ради бога. Мы не одни. Нас подслушивают. Не дадим этим мерзавцам любоваться нашими муками, — прошептал он сквозь зубы.

К нему внезапно вернулось все его самообладание. Он взял ее за руки и усадил рядом с собой на диване, сдвинув в сторону целый ворох книг. Лицо его было очень бледно; вокруг углов рта пробегала время от времени судорога, и синие жилы на висках натянулись, как веревки. Но он заговорил спокойным, ободряющим голосом о посторонних вещах.

— Вот в этом ящике, Вера, я отложил те книги, которые оставляю вам. Мы начинали читать с вами Спенсера.[23] Вы найдете тут несколько отметок карандашом, которые я сделал для вас...

Она сидела на диване, не шевелясь, словно застыв в одном положении; ее руки были так крепко сжаты, что ногти пальцев одной руки почти впивались в другую. Его слова доходили до ее слуха, как неясный гул без определенного смысла. Когда он обращался к ней с вопросом, она отвечала машинально кивком головы или слабой, жалкой улыбкой; говорить она не решалась, так как чувствовала, что при первом слове разразится рыданиями.

Постукивание маятника стенных часов раздавалось мерно и отчетливо. Большой шмель с тяжелым, порывчатым жужжанием метался по комнате; затихнет было на минуту, потом опять начнет неистово биться о потолок и об окна. Вера испытывала как бы физическое ощущение того, как время сочится, словно жидкость из треснувшего сосуда, капля за каплей, все меньше и меньше остается драгоценных капель. Разлука все ближе, ближе, разлука на многие годы, быть может, навсегда. И ни слова от души, ни ласки. Как чужие, сидят они друг перед другом, и все тот же легкий шорох в соседней комнате.

---

[23] Герберт Спенсер (1820-1903) — английский ученый, философ, психолог и социолог; один из видных представителей позитивизма; в 1866-69 гг. в Петербурге было издано собрание сочинений Спенсера в семи томах.

Пламя стеариновой свечи пожелтело вдруг; окно с опущенной шторой, казавшейся прежде большим черным пятном, приняло синевато-фиолетовый оттенок. На дворе громко пропел петух, зачирикали воробьи, замычали коровы; все — обычные предвестники весеннего утра в деревне.

Холодное, тупое отчаяние овладело Верой. Теперь в первый раз предстоящая разлука выступила во всей ее осязательной безнадежной действительности. До сих пор между ней и концом все-таки лежало еще ожидаемое счастье этого последнего свидания; безумная, безотчетная надежда на что-нибудь неопределенное была так сильна, что затемняла самую мысль о разлуке; но теперь ничего, ничего больше не оставалось. Всему был конец.

Васильцев встал с дивана, поднял штору и отворил окно. Первые лучи чудного весеннего утра хлынули снопом. Свет, шум, весенний запах цветов, весенние песни — все ворвалось зараз, радостное, торжествующее, безжалостное.

Быстрым, безотчетным движением Васильцев захлопнул окно и опустил штору. Он бросился на кушетку и горько зарыдал. Вся его рослая, сильная фигура колыхалась от рыданий.

Одним скачком Вера очутилась возле него. Она опустилась у его ног и, прижимаясь к нему всем своим существом, покрыла его поцелуями.

— Милый мой! Радость моя! Не уезжай один! Жизнь моя! Возьми меня с собой!

Васильцев сжал ее в своих объятиях. Теперь он не думал о том, чтобы ее успокоить; он отвечал на ее жаркие ласки; он прижимал ее к себе все крепче и крепче; губы их слились в первый раз в долгом страстном поцелуе.

Внезапно Васильцев опомнился. Он резко, почти грубо, оттолкнул от себя Веру, встал на ноги и заходил по комнате. Одна, на коленях перед пустой кушеткой, Вера долго продолжала рыдать горько и беззвучно.

Когда Васильцев снова подошел к ней, лицо его как-то вдруг осунулось, как после долгой тяжелой болезни.

— Вера, моя голубка, прости меня! — послышались его слова. — Много я тебе доставил горя, бедняжка моя! Как мне взять тебя с собой! Могу ли я тебя — свежее, молодое существо — приковывать к старой, полуоконченной жизни! Да если бы я и хотел, разве мне дадут? Разве твои родители не вернут тебя силой?

Голос его был глухой, надтреснутый. Вера больше не плакала; она теперь знала, что действительно пришел конец всему.

Теперь уже совсем рассвело. Скоро послышался стук в двери. Жандарм пришел объявить, что через час пора пускаться в путь.

— Вера, не лучше ли тебе уйти теперь, — тихим, глухим голосом сказал Васильцев; но она молча покачала головой; она хотела остаться при нем до конца.

Странное оцепенение, сознание как бы недействительности всего окружающего снова овладело ею. Васильцев тоже ходил и говорил как во сне.

Все его домочадцы, старая кухарка, староста, его приятели-мужики стали приходить один за другим, чтобы проститься.

Входя в комнату, они сперва крестились на образа, потом подходили к барину и, утерев себе усы, целовали его трижды, серьезно, торжественно, как бы совершая религиозный обряд. Несколько баб с ребятишками на руках стояли у крыльца и выражали свое горе ревом, похожим на причитания по покойнике.

Вера глядела сухими глазами на этих людей, как они входили, говорили, вздыхали, плакали; они представлялись ей какими-то автоматами, совершающими странное, сложное представление.

Жандармский полковник закусывал в соседней комнате, усердно подливая себе из графинчика.

— И вам, батюшка Степан Михайлович, не мешало бы подкрепиться перед дорогой! — проговорил он добродушным, ободряющим голосом.

Через полуоткрытую дверь он бросал украдкой любопытные взгляды на Веру, но прямо к ней не обращался, разгадав, вероятно, что она не простая горничная.

Запряженный тройкой тарантас подкатил к крыльцу. Полковник уселся в нем рядом с Васильцевым; один из жандармов поместился на козлах с кучером; другой остался еще при доме.

— Эй! с богом!

Лошади подхватили, и тарантас, покачиваясь с боку на

бок, понесся по топкой дороге. Скоро он скрылся на повороте за березовой рощей. Звон бубенчиков доносился с каждой минутой все слабее и слабее. Наконец он совсем замолк. Не слыхать ничего больше, ничего, кроме обычных мелодических звуков деревенского утра весной.

Потупив голову, не оглядываясь, Вера тихо шла обратной дорогой. Цветущая черемуха осыпала ее белыми лепестками; крупные душистые капли росы полетели на нее с веток. Молодой зайчик выскочил на полянку и, усевшись на кочку, забарабанил передними лапками, призывая зайчиху, но, увидев вдруг человеческое существо, откинул длинные уши назад и дал стречка в лес. Небо искрилось и сияло, как будто солнце распустилось в лазуревом эфире и залило весь небесный свод. Высоко, высоко над головами, из маленькой черной трепещущей точки неслась, наполняя все пространство, могучая песнь о счастье и любви.

VIII

Тихо, медленно тянется время. Дни ползут за днями, однообразные, тяжелые, полные серой, свинцовой тоски.

Сначала, в самое первое время после отъезда Васильцева, весь организм Веры так был потрясен пережитым ею нервным ударом, что даже печали сильной она не ощущала; всякая способность жить и волноваться замерла в ней. Преобладающим чувством была глубокая, подавляющая усталость. Целые дни проводила она как бы в спячке, не способная ни к малейшему напряжению мысли. Случалось, что среди разговора она вдруг неожиданно засыпала. Порой только это нравственное оцепенение на миг рассеивалось как бы физическим воспоминанием последних минут, проведенных с Васильцевым. В ушах ее проносился его мягкий, ласковый голос; на губах ощущался след жгучего поцелуя. По всему ее телу пробегала страстная дрожь. И странно, после всякой такой минуты на нее находило внезапное успокоение, непоколебимая уверенность: «Так не может кончиться. Мы увидимся опять».

Время шло, и по мере того как физические силы восстановлялись, оживала способность к более острому страданию. С возвращением к обычным занятиям потребность видеть Васильцева, потребность, вскормленная трехлетней ежедневной привычкой, сказывалась все настоятельней, все мучительней. Каждая мелочь, каждый пустяк немилосердно напоминал о нем; на всякий окружающий предмет он как бы наложил свою печать; что бы она ни делала, за что бы она ни принималась, непременно встретится что-нибудь такое, что живо воскресит память о прошлом, о счастливой минуте, о маленьком, маловажном эпизоде, на который, когда он происходил, не обращалось почти внимания, но воспоминание о котором вызывало теперь жгучий, страстный наплыв отчаяния.

Всего хуже было просыпаться поутру. У ней бывали теперь такие странные, яркие сны: она видела его так реально, так жизненно, так всем своим существом ощущала его близость; при том все это происходило так вероятно, было обставлено такою массою маленьких правдоподобных деталей, совсем как в действительности, что случалось ей даже самой радостно говорить себе во сне: «Нет, уж теперь это не сон! Теперь это правда!» И вдруг словно завеса прорвется, все моментально завертится, стушуется, расплывется, острое сотрясение пройдет по всему ее организму — и нет больше ничего. Опять она одна в постели; опять она охвачена мучительнейшим сознанием своего одиночества. Опять она лежит и корчится и извивается в страстных безнадежных рыданиях. И что ни день, все хуже, все настоятельней становилась тоска. Домашних своих Вера и прежде чуждалась; теперь общество сестер, их мелочные интересы, их пустые разговоры стали ей невыносимы. Все казалось ей бесцветным, приторным. Когда ей приходилось быть с кем-нибудь, она только и думала, как бы поскорей уйти; ей все казалось, что ей надо остаться одной, чтобы серьезно подумать. И лишь только ее оставляли в покое, она действительно тотчас принималась думать, то есть мечтать торопливо, страстно. Картины самые безумные, самые невозможные рисовались в ее воображении: она уже столько раз переживала в уме всю сцену, как она убежит из дому, как отыщет Васильцева, где бы то ни было, хоть на дне морском. Мечты приносили минутное облегчение, но вдруг, откуда ни возьмись, явится холодная, отрезвляющая мысль: «У меня нет ни копейки денег, а до Вятки три тысячи верст! Да и куда пойдешь в России без паспорта? С первой станции вернут по этапу». Мечты уносились и оставляли по себе горькую, приторную оскомину.

Разумной надежды не было ни малейшей. Оставалась безотчетная вера в чудо. Вначале, когда слишком одолевало горе, всегда являлось физическое возмущение: «Так страдать невозможно! Этому *будет* конец!» Но конца не приходило. Страдание становилось вещью нормальной, обыденной. Теперь, при каждом пароксизме отчаяния, горечь данной минуты еще усугублялась воспоминанием о вчерашнем и уверенностью, что и завтра будет то же.

И вдруг в тот момент, когда Вера уже совсем начала поддаваться безнадежности, когда мрачная, тупая, свинцовая тоска стала ее постоянным настроением духа, вдруг сверкнул луч счастья: она получила письмо от Васильцева. Писать ей обыкновенным образом по почте он не мог: письма были бы перехвачены либо полицией, либо ее родителями; но он умудрился прислать ей весточку через одного знакомого купца, имевшего торговые сношения с Вяткой.

Письмо было короткое, очень сдержанное, без всяких нежных излияний: видно было, Васильцев имел в виду, что оно может попасть в чужие руки. Но вряд ли когда самое длинное, самое страстное послание принесло больше радости, чем этот маленький лоскуток бумаги. Вера чуть с ума не сошла от счастья! Как всегда бывает, когда уж очень настрадается человек, при первом облегчении она так заторопилась радоваться, что ей показалось, будто теперь все прошло; горя — как не бывало. Главное, было иметь от него известие. Всего ужаснее было чувство, что он вдруг куда-то пропал, как сквозь землю провалился, что даже связи никакой с ним не осталось. Теперь же, лишь только явилась возможность переписываться, отъезд его сделался обыкновенным отъездом, разлука с ним стала временной неприятностью, а не тем подавляющим, безысходным несчастьем, как прежде.

Хотя после первых же минут Вера не только знала письмо Васильцева наизусть, но даже внешний вид его как бы врезался ей в память, однако не проходило дня, чтобы она не читала и не перечитывала драгоценной бумажки. В первую неделю по получении письма она жила этой радостью; потом ушла вся в ожидание следующего.

Как все люди, живущие исключительно одной мыслью, одним интересом и при том таким, в котором они поневоле должны ограничиваться пассивной, выжидательной ролью, Вера вдруг стала ужасно суеверна. В каждой мелочи видела она теперь хорошее или дурное предзнаменование, хорошую или дурную примету. У ней явилась какая-то ребяческая привычка постоянно загадывать. Когда она проснется поутру, вдруг ни с того ни с сего пронесется в голове ее мысль: «Если Анисья, войдя в комнату, первым делом поздоровается со мной, это будет значить, что все благополучно и скоро придет письмо; если же она, не говоря ни слова, подойдет сперва к окну и подымет штору, то это будет худой знак». Стоило такой нелепой мысли мелькнуть, и Вера против воли тревожно, с бьющимся сердцем, начинала поджидать появления горничной и потом была весь день бодра или печальна, смотря по тому, какой ответ дала ей пифия.

Несмотря на трудность переписываться, Васильцев в течение лета и следующей осени нашел возможность прислать Вере три письма. По мере того как он убеждался, что письма доходят благополучно по назначению, он начинал писать все свободнее и задушевнее. Последнее письмо было особенно нежное и ободряющее. Он жаловался, правда вскользь, на упорный кашель, от которого никак не может отделаться, но вообще казался в хорошем, бодром настроении духа; в первый раз даже коснулся он определенно планов на будущее.

«Мне подают надежду, — писал он, — что ссылке моей будет конец. Но если бы даже эта надежда и не оправдалась, то ведь, во всяком случае, через два с половиной года ты будешь совершеннолетней и будешь сама располагать твоей судьбой. Дитятко мое дорогое! Если бы ты только знала, каким сумасшедшим мечтам предается иногда твой старый, безумно любящий тебя друг!»

Вера себя не помнила от радости, получив это письмо. Теперь она не сомневалась в будущем. Два с половиной года — не вечность; они пройдут, а после ничто, ничто в мире не удержит ее вдали от милого.

Но увы! За этим радостным письмом других не последовало. Знакомый купец, на беду, уехал куда-то по делам на долгий срок. Он обещал, правда, что в его отсутствие его приказчик будет передавать письма. Но неделя проходила за неделей — известий все не было. Вера так твердо верила теперь в счастье, что вначале это отсутствие писем не очень даже ее беспокоило; она выдумывала всевозможные причины, чтобы объяснить его себе. Мало-помалу ее тревога усилилась и скоро стала поглощающим чувством. Все ее мысли сосредоточились на одном: получить письмо. Днем она то и дело прислушивалась, не едет ли кто от знакомого купца, ночью только о том и грезила, что ей подают конверт с милым почерком.

Мука этого бесплодного, томительного, ежеминутного ожидания становилась подчас так невыносима, что все ее существо возмущалось. Иногда даже против самого Васильцева являлась у ней горечь и злоба. «Если бы я его никогда не встречала, жила бы я себе спокойно, как сестры мои живут!» — думала она с сожалением в припадках малодушной слабости. Однажды у ней на душе поднялась такая буря противоречащих друг другу мучительных чувств, что она в каком-то неистовстве взяла и разорвала в клочки последнее его письмо. Но когда белая измятая, истерзанная бумага снегом посыпалась на пол, в ней вдруг проснулось раскаяние; явилась какая-то гадливость к самой себе, точно она сама подняла руку на то, что ей было всего дороже. Целый час потом провозилась она, собирая драгоценные клочки и слепливая их вместе на листе чистой бумаги.

Снова весна на дворе, а известий все нет. При хорошей погоде Вера уходила на обрыв, с которого был вид на соседнюю усадьбу, и часами просиживала на старой, полуразрушенной скамейке в тупой, тоскливой апатии.

Однажды сидела она так по обыкновению и вдруг увидела почтовый тарантас, который свернул с большой дороги по направлению к дому Васильцева.

«Что это значит? Куда это он? — подумала она, и сердце ее вдруг шибко, шибко забилось. — Проедет он, может быть, мимо на соседнее село? Нет, вот он, гремя, въезжает на старый полусгнивший мостик, вот он повернул в аллею. Отсюда уже другого пути нет... Господи, кто это такой?»

Волнение, охватившее ее, было так сильно, что ноги у ней затряслись, и она едва была в силах встать с места. Сердце ее кольнуло болезненным предчувствием, и в то же время и радостная дрожь по ней пробежала: «Все хоть знать буду! Все лучше неизвестности!»

Быстро набросив платок на плечи, она побежала по направлению к соседней усадьбе; но, подходя к дому, шаг ее невольно все больше и больше замедлялся; все больней, все мучительней сжималось сердце.

На поросшем травой дворе стоит пустой тарантас. Ямщик, сняв шапку и отирая пот с лица, возится с лошадьми. Парадная дверь на крыльцо, столько времени стоявшая заколоченной, теперь открыта настежь. Вера входит в переднюю, в залу — там все пусто. Пахнет сыростью, нежилым; сквозь полураскрытые ставни слабо брызжет свет.

Мебель, стулья, столы, диван — все расставлено совсем так же, как в день его отъезда. Физическое воспоминание этого ужасного утра вдруг разом, всецело охватывает ее.

Из его кабинета доносится шум, голоса. Вера идет туда. Старик дворник возится у окна со ставней, которая не поддается, так как засовы заржавели. Бывшая кухарка с большой связкой ключей в руках утирает передником слезы. В полумраке Вера едва может разглядеть еще три фигуры у письменного стола. В одной из них она признает наконец исправника, две других — мужчина и женщина, в дорожном платье, совсем ей незнакомы.

Когда ставня наконец отворена, исправник с своей стороны тоже узнает ее и подходит.

— Вот позвольте представить, господа Голубинские — родственники нашего бедного Степана Михайловича. На днях получили официальное известие, что двоюродный братец их скончался в Вятке от чахотки. Вчера приехали к нам в город и обратились ко мне, чтобы я ввел их во владение. Им, по закону, родовое именье достается...

На этот раз природа оказалась милостивой к Вере; услышав грозную весть, Вера потеряла сознание. У ней открылась белая горячка. Целые недели пролежала она в бреду. Выздоровление шло медленно.

Вера стала мало-помалу возвращаться к жизни, и, как у всех воскресающих после тяжелой болезни, она испытывает теперь в высшей степени физическую радость существования. С свойственным выздоравливающим инстинктом самосохранения, она удаляла от себя все тяжелые, серьезные мысли; все ее помыслы и желания сосредоточивались теперь на мелочных радостях и печалях, какими богата жизнь больной, и мелочи эти принимали в ее глазах странную, непропорциональную важность; все опять приобрело для нее прелесть новизны, как для ребенка. Она радовалась, если бульон вкусно приготовлен, и плакала, если подушку ее поправят не так, как следует. Было целым событием в доме, когда ей позволили в первый раз скушать крылышко жареного цыпленка.

Когда наконец настал период полного выздоровления и жизнь вошла в свою норму, прошедшее представлялось ей в отдалении, как через дымку.

Однажды, когда она уже начала сидеть в постели, отец принес ей какие-то бумаги, под которыми ей надо было подписаться. Вера слабой, дрожащей рукой начертила свое имя, но, с каким-то инстинктивным предчувствием чего-то страшного, не спросила даже, почему это нужно.

Лишь несколько недель спустя, когда она уже совсем оправилась, родители сообщили ей, что Васильцев перед смертью написал завещание, по которому оставил ей часть своего состояния.

В благодарность за это отец счел себя обязанным передать ей и письмо, которое Васильцев написал ей перед смертью.

«Ты была для меня и дочерью и возлюбленной, Вера! — писал он ей, — и теперь, умирая, о тебе я только и думаю, ты будешь как бы продолжением меня. Самому мне ничего не удалось свершить на земле. Всю мою жизнь я был праздным, бесполезным мечтателем; умру я — и следа моего не останется, как трава в поле, про которую говорится в песнях; скосили ее и высушили, и места, где она росла, не видать больше. Но ты, моя Вера, ты еще молода, ты сильна. Я знаю, я чувствую, что ты призвана к чему-то высокому и прекрасному. То, о чем я только мечтал, ты совершишь, то, что я только смутно предчувствовал, ты это выполнишь!»

С глубоким, все ее существо охватывающим благоговением читала Вера эти строки, написанные теперь уже похолодевшей навеки рукой. Ей казалось, что с ней говорит голос с того света. Прежнего страстного, негодующего отчаяния она теперь не испытывала, но она чувствовала, будто черная тень легла на всю ее жизнь и навсегда отрезала у нее возможность всякого простого, эгоистического счастья.

Болезнь Веры как будто вдруг нарушила весь строй Баранцовского дома и положила конец долгому периоду спокойного, скучающего затишья. После нее посыпались вдруг перемены одна за другой.

Первая перемена была очень приятного свойства, именно такая, какую уже давно все желали и ждали: Лена сделалась невестой. В их губернский город прислали новый полк, один из офицеров этого полка и был виновником этой счастливой перемены. Вскоре после брака, однако, молодым пришлось уехать, так как полк услали совсем в другой конец России. Лиза, заскучавшая дома еще сильней прежнего, поехала к сестре с тайной надеждой между товарищами зятя найти и себе жениха.

Таким образом, семья Баранцовых вдруг распалась и рассыпалась. Огромные покои старого барского дома казались теперь еще пустее прежнего.

А тут случилось вдруг новое неожиданное событие, далеко не веселое: графа хватил паралич. Но на этот еще раз смерть только постучалась в окно и прошла мимо, оставив, однако, за собой неизгладимые следы. У графа отнялись ноги и ослабела память. Он впал во второе детство. Полулежа в большом вольтеровском кресле, он весь день капризничал, плакал и требовал, чтобы его забавляли, как ребенка. Но всего тяжелее для окружающих сделалась его мания рассказывать нескончаемые истории. Целыми часами говорил он, с трудом шевеля языком, путая слова, раз сто повторяя то же самое и горько обижаясь, если его не слушают. Одна только Вера имела терпение ухаживать за больным стариком и умела понимать его все более и более бессвязную речь.

Графиня, немного приободрившаяся по случаю Лениной свадьбы, теперь окончательно пала духом и опустилась. Она стала страшно религиозна, окружила себя божьими людьми, монахами и странницами, и на все житейское махнула рукой.

Вере, которой приходилось быть сиделкой больного отца, нельзя было теперь и думать о какой-либо собственной деятельности. Ею овладела мало-помалу покорная, безнадежная апатия. Конца ее теперешнему существованию не предвиделось, так как доктора объявили, что граф может прожить еще лет десять.

По счастью, однако, эти предсказания не оправдались. Года через три смерть явилась в один прекрасный день, совсем нежданная. Граф уснул однажды спокойнее обыкновенного, но, когда Вера, удивленная его продолжительным сном, пришла разбудить его, она нашла его уже похолодевшим.

На похороны в последний раз съехалась семья и потом уже окончательно распалась и разбрелась в разные стороны.

Графиня объявила дочерям, что решилась поступить в монастырь; родовое именье купил бывший управляющий; по продаже его у каждой из дочерей остался капитал тысяч в двадцать. Старшие сестры возвратились к своей жизни полковых дам.

Вера теперь осталась одна на свете полной себе госпожой. Недолго думая решилась она поехать в Петербург и там искать себе какой-нибудь деятельности.

IX

Первое время своего пребывания в Петербурге Вера не испытывала ничего, кроме разочарования. Она убедилась, что гораздо труднее быть полезной, чем она думала. В ее глазах быть полезной значило или работать лично над разрушением деспотизма и тирании, или поддерживать тех, кто работает в этом направлении. Она не понимала, что можно быть полезной и другими простейшими способами. Но к кому обратиться за работой, которая бы подошла к ней? Ее разговоры с Васильцевым мало подготовили ее к какой бы то ни было деятельности. Они неизменно носили характер чего-то абстрактного, идеального. Благодаря Васильцеву Вера прочла ряд революционных изданий. Сам Васильцев в своих разговорах представил ей поразительную картину всех бедствий, от которых страдает человечество, и указал ей источник этих бедствий в том факте, что современная жизнь построена на угнетении и конкуренции, а не так, как следовало бы, — на свободе и единении. Не раз заводил он с нею речь о мучениках, о всех современных героях свободы, пожертвовавших жизнью и счастьем ради торжества святого дела. И она страстно полюбила этих героев и пролила не одну слезу над их судьбой. Но ни в одном разговоре Веры с Васильцевым не было и речи о том, что ей самой нужно делать для того, чтобы уподобиться этим героям. И в годы, последовавшие за арестом Васильцева, в годы одиноких размышлений, она ни разу не останавливалась над этим вопросом. Ее всегда поглощала мысль о ближайшей задаче, о разрыве всяких связей с семьей, об оставлении того тесного круга, в котором проходила ее жизнь. Ее незнание действительных условий жизни было так велико, что в ее воображении нигилисты являлись чем-то вроде правильно организованного тайного общества, работающего по определенному плану и стремящегося к достижению ясно обозначенных целей.

Поэтому она не сомневалась в том, что, раз попавши в Петербург — в этот очаг нигилистической агитации, — она немедленно будет завербована в великую подземную армию и займет в ней определенный пост, как бы скромен он ни был.

Таковы были ее мечты за все эти годы. Но вот она в Петербурге, полная госпожа собственной жизни, свободная делать, что ей вздумается. И что же? Цель так же неясна пред нею, как и прежде. Она не знает, к кому прибегнуть, как найти даже этих настоящих нигилистов. Великим разочарованием для нее было узнать, что мне лично ни один из этих нигилистов не был знаком и что я даже не верила в существование обширной революционной организации в России. Это нимало не входило в ее расчеты. Она ждала от меня лучшего.

Я тем не менее позволила себе дать ей совет в ожидании лучшего заняться посещением лекций по естественным наукам.

Женские курсы только что были открыты в Петербурге.

Она послушалась меня и стала ходить на лекции, но ум ее не был направлен в эту сторону. Ей не удавалось стать на один уровень со своими товарками, войти в их научные интересы. Большинство этих товарок были молодые девушки; они работали усердно, имея в виду определенную цель. Они стремились поскорей и лучше выдержать экзамен, чтобы сделаться учительницами и жить собственным трудом.

Все их интересы сосредоточивались пока на учении, и в их разговорах профессора, курсы, практические занятия составляли единственное содержание. Мировой скорбью они нимало не страдали. В свободную минуту они не прочь были собраться и при случае, то есть каждый раз, когда к их обществу присоединялись студенты, они не могли устоять от желания потанцевать и пококетничать. Все это, очевидно, нимало не отвечало меланхолической экзальтации такой мечтательницы, как Вера. Не удивительно поэтому, если, помогая им своим кошельком, она в то же время относилась к ним, как к детям, и держала себя несколько вдалеке от них.

Учение также не удовлетворяло ее. «Будет еще время заниматься науками, — думала она, — надо прежде добиться того, чтобы главная часть задачи была исполнена». В этом же смысле отвечала она на все мои убеждения —более серьезно отнестись к своим занятиям.

— Я не понимаю, — говорила она мне, — как среди окружающих нас со всех сторон бедствий и под впечатлением тех страданий, на которые жалуется человечество, можно находить удовольствие в том, чтобы рассматривать под микроскопом глаз мухи; а между тем этим возвышенным предметом и занимал нас целый час наш добрый профессор В.

Убедившись в том, что Вера имеет мало вкуса к естественным наукам, я посоветовала ей заниматься политической экономией. В результате оказалось то же. Чтение ходячих трактатов по политической экономии только вызывало в ней усталость, не оставляя в то же время никакого следа в ее голове. Принимаясь за них, она наперед уже была убеждена в том, что интересующая их авторов задача — устроить человеческое благополучие — будет достигнута только тогда, когда люди разделят все между собой и не будет более ни угнетения, ни собственности.

Она считала это неоспоримой истиной, не допускавшей сомнения, не требовавшей доказательств. К чему, в таком случае, ломать себе вечно голову над всеми этими вопросами о заработной плате, о процентах, о кредите и о целом ряде столь же скучных и запутанных вещей, единственное назначение которых производить путаницу в уме и отклонять людей от их настоящей цели! В наше время всякий порядочный человек не вправе спрашивать себя: «Какую цель я поставлю для своей личной жизни?» Он может только интересоваться выбором кратчайшего пути, ведущего к достижению общей цели. Для русского такой целью может быть только социальная и политическая революция. А на эти вопросы никакие учебники политической экономии ответа не дают; следовательно, нечего их и читать. Вот так рассуждала со мною Вера. И все же, как ни покажется это странным, мы сделались друзьями. Наши свидания стали часты, и в разговорах не раз проглядывала личная симпатия. Объясняю я это той странной прелестью, какою отличалась вся личность Веры.

Черты ее лица были так благородны, каждое ее движение так грациозно и гармонично и, что всего важнее, столько было искреннего и наивного во всей ее манере держать себя, что я чувствовала себя нравственно удовлетворенною. Но спорить с нею не было возможности, и мне оставалось только жалеть о том, что ум ее мало развит и что она поэтому равнодушна ко всем великим благам современной цивилизации.

Что касается до Веры, то она предпочитала меня всем своим знакомым. Но в то же время она не могла понять, как я всецело отдаюсь занятиям математикой.

Ей казалось, что математик — своего рода чудак, занимающийся решением выраженных в цифрах шарад. Можно простить ему его манию, так как она весьма невинного свойства, но трудно отказаться от некоторого презрения к его слабости.

Таким образом, каждая из нас смотрела на другую свысока, с некоторым снисхождением. Но это не мешало нашей приязни.

А между тем время шло, и Вера, чувствуя, что не сделала еще ни одного шага к достижению намеченной ею цели, становилась все раздражительнее и нетерпеливее. Ее здоровье начало страдать от неудовлетворенности этого странного желания «посвятить себя делу». Яркий румянец стал сходить с ее щек и выражение ее больших темно-голубых глаз становилось с каждым днем более задумчивым и печальным.

Вспоминается мне, как однажды веселым зимним утром мы прогуливались по Невскому. Небо было ясно, и солнце разливало повсюду свои яркие резкие лучи. Можно было думать, что какое-то чудо перенесло нас в то светящееся царство, о котором говорят наши народные сказки. Серебром отливало от окон магазинов. Серебро блестело под ногами и разлеталось вокруг нас мелкими блестками. Столько освежающего заключал в себе чистый зимний воздух, что становилось веселее жить. Несмотря на широту тротуаров, мы с трудом могли двигаться, так как со всех сторон нас теснили прохожие. Мужчины, женщины, дети, с ярким румянцем на щеках, с уходившим в мех подбородком, дышали здоровьем и весельем.

— И сказать, — внезапно обратилась ко мне Вера, — что среди этих людей, быть может, находятся те самые, которых я так давно ищу. Не один, пожалуй, мог бы сказать мне все то, что я тщетно хочу узнать. Знаешь ли, каждый раз, когда мне приходится встречать симпатичного человека, я готова остановить его, посмотреть ему прямо в глаза и спросить, не из них ли он.

— Что же, ради меня, пожалуйста, не стесняйся, — отвечала я самым спокойным тоном, — посмотри, например, на этого офицера с блестящими золотом эполетами или на этого франтоватого адвоката, который так самодовольно рассматривает тебя в свой монокль. Не начнешь ли с них свои расспросы? Их внешность многое обещает.

Вера пожала плечами и тяжко вздохнула.

К концу зимы произошло нечто, сразу положившее конец терзаниям Веры и давшее ей возможность открыть то, чего она искала.

Еще с начала января распространился слух, что значительные аресты были произведены в различных местах России и что правительству удалось раскрыть хитро задуманный социалистический заговор. Слухи эти вскоре подтвердились: в «Правительственном вестнике» напечатан был официальный отчет, которым оповещалось верноподданным, что правосудию удалось наложить руку на целое сообщество политических преступников в числе семидесяти пяти человек.[24]

После подавления польского восстания, неудачного покушения Каракозова и ссылки в Сибирь Чернышевского[25] настал в России период относительного политического затишья. Правда, и в это время было немало заподозренных. Частые аресты и ссылки продолжались своим порядком. Но нельзя указать за это время ни одного общего

---

[24] Подразумевается известный процесс пропагандистов-народников — так называемый «процесс 193-х», происходивший в Петербурге в конце 1877 г. и в январе 1878 г. Ковалевская, находившаяся тогда в Петербурге, присутствовала на заседаниях суда.

[25] Н. Г. Чернышевский был арестован и заключен в Петропавловскую крепость 7 июля 1862 г.; в мае был сослан в Сибирь, откуда вернулся только осенью 1883 г.

движения. Период систематических покушений еще не наступил. Самый характер революционной пропаганды значительно изменился, не без влияния иноземных воздействий. Прежде заняты были мыслью о политических реформах и низвержении самодержавия; теперь выступили на очередь социалистические задачи. Революционная интеллигенция постепенно проникалась тем убеждением, что, пока простой народ останется в невежестве и бедности, трудно ждать каких бы то ни было существенных результатов.

Чтобы добиться чего-нибудь, надо работать среди народа, искать с ним сближения, «опроститься». Людей этого поколения как нельзя лучше изобразил Тургенев в романе «Новь».[26] К их числу, к числу наивных и далеко не преступных пропагандистов принадлежали и те семьдесят пять обвиняемых, о которых я только что упомянула. Они не орудовали ни бомбами, ни динамитом; большинство их вышло из хороших семей и не знало за собой другой вины, кроме «хождения в народ». С этой целью они одевались в крестьянские платья и шли работать на фабрики, с тайною мыслью о пропаганде в среде трудящегося люда. Всего чаще, однако, дело ограничивалось посещением кабаков и базаров, произнесением революционных речей и раздачей брошюр крестьянам. Незнакомые с нравами народа и

---

[26] Здесь речь идет о последнем романе Ивана Тургенева, *Новь*, который был впервые опубликован в 1877 г. в журнале *Вестник Европы* (кн. I-II).

с самым его говором, пропагандисты осуществляли свою миссию так непрактично и неловко, что после первых же попыток «произвести брожение» между рабочими хозяева фабрик и кабатчики, нередко также сами крестьяне, выдавали их головой полиции.

Как ни малы были достигнутые революционерами практические результаты, правительство тем не менее сочло нужным отнестись к ним с большой суровостью, в надежде положить сразу конец всякой дальнейшей пропаганде. Дан был приказ задерживать всех, кто только попадется в руки. Чтобы попасть в число заподозренных и подвергнуться аресту, достаточно было нарядиться в крестьянское платье. Схваченные препровождались в Петербург для следствия и суда. Хотя большинство их не знало друг друга, их объявляли тем не менее участниками общего дела. Так было и на этот раз. Начальство хотело одновременно поразить умы силою возмездия и строгостью правосудия. Правда, дело передано было на разбирательство не присяжных, а специальной судебной комиссии по назначению от правительства, но каждому из подсудимых предоставлено было право иметь своего адвоката, и процесс должен был разбираться при открытых дверях.

Правительство, по-видимому, не сумело дать себе отчета в том, что в такой стране, как Россия, при громадности расстояния и отсутствии свободы печати политические процессы являются лучшим орудием пропаганды. Много молодых людей, разделявших одни убеждения с Верой, не нашли бы в течение ряда лет возможности «служить делу», если бы политические процессы по временам не указывали им на то, где искать «настоящих» нигилистов. Как общее правило, подсудимые вызывают живую симпатию в самых разнообразных кружках. Если непосредственно с ними нельзя иметь сношений, так как в большинстве случаев они сидят за запорами и решетками, то с их друзьями и родственниками сношения вполне свободны; им-то и спешат показать свои симпатии. Взаимное доверие устанавливается между сочувствующими и теми, в пользу кого высказывается сочувствие; один поддерживает и возбуждает другого. Не удивительно поэтому, что после каждого политического процесса повторяется то, о чем говорится в русских былинах: на смену одного богатыря выходят десять.

И Вера испытала на себе это влияние политических процессов. При первом известии о предстоящем суде она перестала думать обо всем другом. Каждый номер «Правительственного вестника» сделался для нее предметом внимательного изучения. Она знала наизусть не только имена подсудимых, но и их адвокатов и поспешила воспользоваться первым попавшимся случаем, чтобы завязать знакомство с семьями обвиняемых.

Таким образом открылось перед нею то широкое поле деятельности, о котором она мечтала. Семьдесят пять семейств, повергнутых в нищету и отчаяние арестом близких им людей, нуждались в ее участии. Она могла оказать им деятельную помощь, она могла «послужить делу»; и это же давало ей возможность сразу окунуться в среду людей, близких ей по чувству и убеждениям. Нечего и говорить, что, всецело занятая своими новыми друзьями, она сразу оборвала и посещение курсов, и свиданья со мной. Если иногда она и забегала ко мне на минуту, то только, чтобы воспользоваться моим содействием и оказать услугу дорогим для нее людям. То приходилось мне устраивать подписку в пользу той или другой из потерпевших семей, то пристроить оставшегося без призора ребенка, то убедить кого-нибудь из выдающихся адвокатов взять чью-либо защиту. Словом, Вера не жалела ни собственных, ни чужих трудов.

К концу апреля следствие было кончено, и начались судебные заседания.

С шести часов плотная толпа теснилась у входа в суд. Только лица, снабженные билетами, могли проникнуть в зал заседания; остальные устраивались у входа, в надежде поскорее узнать о результате. В половине девятого стали впускать публику, и мы внезапно очутились в обширном зале между двух шпалер жандармов, которые внимательно заглядывали нам в лицо, как бы желая проверить наше право иметь входные билеты.

Достаточно было беглого взгляда, чтобы убедиться в том, что публика состоит из лиц двоякого рода. Одни пришли из любопытства, как на редкое зрелище. Это были большею частью люди хорошего общества, которым не трудно было заручиться входными билетами. В их числе можно было видеть дам далеко не первой молодости, одетых в черное, как этого требует хороший тон. Многие держали в руках бинокли. Видимо, они боялись упустить малейшую подробность той драмы, которая должна была развернуться на их глазах. Их любопытство было так возбуждено, что в жертву ему они согласились принести и привычку позднего вставанья и естественную боязнь всякого соприкосновения с толпой. Мужчины этой группы почти все имели вид сановный, кто в мундире, а кто только при звезде.

В первые минуты все как бы замерли в ожидании, но вскоре торжественная тишина была нарушена. Нашлись знакомые. Стали обмениваться поклонами. Любезность мужчин сказалась в желании уступить дамам лучшие места. Мало-помалу завязались разговоры — сперва шепотом, потом все громче и громче. Не происходи все это ранним утром среди голых стен и окон, на простых деревянных скамьях, можно было бы подумать, что находишься на светском собрании.

Наряду с этой группой зрителей была и другая. Ее составляли родственники и ближайшие друзья обвиняемых. Печальные, похудевшие лица, старенькое платье, мрачное, тяжелое молчание, взоры, устремленные со страхом на дверь, из которой должны были показаться обвиняемые, — все в них говорит о горестной действительности, о близости жестокой развязки.

Ровно в десять часов раздается обычный возглас: «Суд идет!» В зал входят двенадцать сенаторов, все люди преклонного возраста, у которых на груди больше орденов, чем волос на голове. И все же можно приметить в их среде все категории русского сановничества. Рядом с надутым, самоуверенным, еще не закончившим своей карьеры государственным мужем бросается в глаза и одряхлевший старец с повисшей губой и полупотухшим взглядом. Не спеша, с некоторой торжественностью опускаются они в кресла.

И вот открывается вторая боковая дверь, и на этот раз в зал суда входят в сопровождении жандармов семьдесят пять обвиняемых. Странный вид имеют эти преступники. Изможденность их лиц стоит в резком противоречии с их молодостью. Старшему нет еще и тридцати лет, младшему едва минуло восемнадцать. Все они принарядились — у всех своего рода праздничный вид. Есть между ними и хорошенькие молодые девушки. Охватившее их волнение придает глазам лихорадочный блеск и покрывает болезненной краской щеки. Долгие месяцы провели эти молодые люди в полной разобщенности с остальным миром. И вот им суждено внезапно встретиться с близкими, узнать своих в пестрой толпе присутствующих. Неудержимая, почти детская радость рисуется на их лицах. Они, по-видимому, забывают об ужасающей серьезности наступившей минуты, о близости приговора, приговора, который на многие, многие годы лишит их всякой житейской радости.

Они в эту минуту не помнят ничего; они только смотрят друг на друга с радостью и умилением. Несмотря на сопротивление жандармов, многим удается пожать протянутые навстречу руки и переброситься парою слов. При виде их родственники и друзья не в силах овладеть собою: они бросаются к перегородке с радостными приветствиями. Я уверена, что никто из бывших в зале суда никогда не в состоянии будет забыть этой минуты.

Даже господа из высшего круга, давно потерявшие способность к сильным ощущениям, поддаются общему настроению. Их симпатии на минуту переносятся на подсудимых. Позже, когда они вернутся домой и время принесет успокоение их нервам, они не раз покраснеют при мысли о своем невольном увлечении, но в данную минуту они не владеют собою, и многие из этих почтенных дам машут платками при виде этих ужасных нигилистов. Но все это длится только минуту; и жандармам вскоре удается восстановить порядок и вернуть подсудимых на их места.

———————————

Разбирательство в полном ходу. Прокурор произносит обвинительную речь. Несмотря на важность выдвигаемых в ней фактов, подсудимые пропускают мимо ушей его красноречие. Они глядят друг на друга и пытаются передать каждый свои впечатления, если не словами, то знаками. И как ни велико пережитое ими горе, как ни страшна ожидающая их участь, они в данную минуту вполне счастливы, точно победа осталась за ними.

Прокурор — человек молодой, желающий сделать быструю карьеру. Красноречие его поэтому оглушительно. Более двух часов рисует он перед судьями мрачную картину революционного движения в России. Он сортирует обвиняемых по группам и в каждой видит возможность установить новые подразделения — и все это он делает с такою же смелостью и быстротою, с какою ботаник классифицирует растения своего гербария по родам и видам. Против каждой категории он выдвигает особые обвинения, но ядовитейшие стрелы его красноречия направлены почти исключительно против пяти подсудимых. Из этих пяти двое — женщины: одна совсем молодая девушка с бледным продолговатым лицом, с мечтательными серо-голубыми глазами. Это дочь высокопоставленного чиновника. Товарищи называют ее «святой». Другая старше по возрасту, крепкого телосложения, по-видимому, более грубой породы; ее широкое, плоское лицо совсем не красиво и носит отпечаток фанатизма и упрямства.

Из мужчин — один работник с интеллигентной наружностью; другой — школьный учитель со всеми признаками скоротечной чахотки; третий — студент-медик Павленков, родом еврей.[27] Он особенно вызывает ненависть и негодование прокурора.

---

[27] Имеется в виду студент Медико-хирургической академии И. Я. Павловский (1853–1924), участник революционного кружка в Таганроге, впоследствии журналист и корреспондент.

Раз заходит речь о Павленкове, прокурор не может сдержать своей ярости: он рисует его настоящим Мефистофелем. Прочие подсудимые, несомненно, все — народ очень вредный, — утверждает он. Общество обязано устранить их в интересах собственной безопасности, но за ними все же надо признать смягчающие обстоятельства. Как бы нелепы ни были проповедуемые ими теории, они все же верят в них сами; но о Павленкове этого сказать нельзя. Для него революционная пропаганда только средство возвыситься самому и потопить других в грязи. Природа наделила его разумом свыше обыкновенного, но этим драгоценным даром он воспользовался только для того, чтобы повергнуть в бездну себя и других.

Следуя примеру своих французских собратий, прокурор описывает жизнь Павленкова, начиная с его ранней молодости. Он рисует его нам самолюбивым мальчишкой, растущим в среде бедных, не заслуживающих уважения родителей. Им чужды были, утверждает он, всякие нравственные принципы. И, не имея их сами, они не в состоянии были привить детям то, без чего немыслима борьба с порочными инстинктами. Богатый еврей негоциант, пораженный умом молодого Самуила, отдает его в школу; Самуил учится прилежно и с успехом, но учение не развивает в нем нравственных чувств. Получивши аттестат зрелости, он поступает в Медицинскую академию. Это был, очевидно, неожиданный успех для бедного еврейского мальчишки, братья и сестры которого, в рубище и о босу ногу, продолжают бегать по улице. Но вместо того чтобы благодарить бога и благодетеля, Павленков поддерживает и развивает в себе то злобное чувство, которое вызвали в нем бедность и унижения детства. Им постепенно овладевает неукротимая ненависть ко всему и всем, кто стоит выше его; свой ум, свои способности он направляет на то, чтобы приобрести влияние на товарищей, вышедших из лучших, нежели он, семей. В душе своей он лелеет мысль, как бы приобщить их к своим преступным замыслам.

И в этом духе прокурор говорит безостановочно. Речь свою он заканчивает просьбой, чтобы суд покарал Павленкова со всею строгостью закона. К таким преступникам, как он, жалости быть не может.

Пока прокурор громил Павленкова, я внимательно следила за лицом обвиняемого. В известном смысле, наружность его была интереснее всех остальных. Он казался старше и годами и опытом. В нем нельзя было найти и следа той детской наивности, какой дышали лица прочих обвиняемых. Это был брюнет с резкими еврейскими чертами. Глаза его поражали умом и красотою, но горькая саркастическая и вместе чувственная улыбка искажала его рот. Его красные толстые губы неприятно поражали своим контрастом с верхней частью лица, производившей тонкое впечатление. Подергивания лицевых мускулов и резкие движения рук обнаруживали его нервность. Один из всех подсудимых, он не обнаруживал ни малейшей радости при виде товарищей, и никакие влажные от слез взоры не встретили его при входе. Павленков внимательно следил за каждым словом прокурора и по временам делал заметки на бумаге, но никакое самое гневное обращение не выводило его из себя. И не будь нервных подергиваний на его лице, легко было бы принять его за равнодушного, хотя и внимательного зрителя, лично не заинтересованного в исходе дела.

После речи прокурора последовал перерыв в полтора часа. И зрители и обвиняемые оставили зал суда. Сенаторы и адвокаты поспешили заняться завтраком, а публика разбрелась по соседним ресторанам.

Но вот заседание вновь открыто, и на очередь выступают адвокаты. Не легкое дело быть защитником в политическом процессе. Правда, такой процесс — отличное средство выдвинуться вперед, сделать себе имя. Но зато стоит только адвокату обнаружить в своей речи некоторый огонь и убеждение, и он сразу попадает в категорию людей подозрительных. Еще многие помнят, как за красноречивой защитой следовала административная ссылка. Но к чести адвокатского сословия надо сказать, что в его среде всегда находились люди, достаточно великодушные, чтобы отдать себя в распоряжение обвиняемых без всякой даже надежды на вознаграждение. Так было и в данном случае. И на этот раз нашлись люди, охотно принявшие на себя неблагодарную и ответственную роль защитников. Они и не думали о том, чтобы выгородить своих клиентов, отрицая всякое их участие в революционном движении.

Они довольствовались тем, что рисовали в самом выгодном свете мотивы их действий; развивали смелые теории и нередко позволяли себе выражения, которые были бы немыслимы во всяком ином процессе, кроме политического.

Председатель суда не раз пробовал прерывать их. Но все усилия его были тщетны: минуту спустя они возвращались к прежнему и высказывали мысли еще более смелые и решительные.

Публика все более и более проникалась симпатией к обвиняемым. Люди светского круга, попавшие сюда из любопытства, с изумлением прислушивались к вещам, о которых дотоле им ни разу не приходилось и думать: их умственные силы были так же мало изощрены в этом направлении, как способности Веры в направлении противоположном. Подобно тому, как Вера находила социализм единственным средством к решению всех вопросов, так точно эти люди принимали на веру, что все идеи нигилистов были своего рода сумасшествием.

Не удивительно поэтому, что, знакомясь с красноречивым изложением этих идей и видя, что эти страшные нигилисты далеко не те чудовища, каких рисовало их воображение, а несчастная, полная самоотвержения молодежь, новый мир предстал перед их глазами, и они не знали более, с каким чувством отнестись к обвиняемым. О прежнем презрительном, саркастическом отношении не было и помину. Постепенно накопившиеся в них симпатии грозили перейти в энтузиазм. Одни судьи продолжали обнаруживать обычную невозмутимость. Красноречие адвокатов мало их трогало. Им наперед даны были инструкции, и приговор их можно было предсказать. По временам только заметны были в них признаки усталости и апатии.

«Когда же настанет конец всему этому?» — как бы бормотали их уста.

Наступает вечер. Председатель закрывает заседание. В ближайшее утро возобновляются дебаты и снова до ночи.

И так со дня на день в течение целой недели. Интерес публики не только не падает, но, наоборот, заметно растет.

В числе самых блестящих защит надо поставить речь Павленкова. Правда, и ему не отказано было в адвокате, но, не довольствуясь его помощью, Павленков решил воспользоваться правом самозащиты. В техническом отношении речь его была несравненно ниже тех, которые произнесены были раньше. Но что дало ей особенную силу и значение, — это простота и безыскусственность. Он кончил ее следующими словами:

— Господин прокурор сказал вам, что я бедный, нищий еврей, и он сказал вам правду; но потому именно, что мне известна бедность, что я вышел из рядов презираемой нации, я и сочувствую всем тем, кто страдает и борется. Когда я увидел, что не в силах сделать что-либо обыкновенными средствами, я решился прибегнуть к чрезвычайным, не задаваясь мыслью о том, легальны они или нелегальны. Но господин прокурор говорит вам, что в виду моего убожества меня и следует наказать строже других; пусть будет так, пусть сделают со мной все, чего он хочет. Я не буду искать вашего сострадания, так как принадлежу к народу, который привык страдать и терпеть.

По окончании прений судьи удалились для постановки решения, но публика оставалась в зале. Часа два спустя они вернулись к своим местам, и председатель тихо и торжественно приступил к чтению приговора. Оно длилось около часу. Большинству подсудимых назначена была ссылка на поселение в Сибирь или в отдаленные губернии.

Одни упомянутые пять преступников присуждены были к каторге сроком от пяти до двадцати лет. Павленкову, как и можно было ожидать, назначена была высшая мера наказания.[28]

В правительственных сферах приговор этот единогласно был признан снисходительным. Все ожидали более сурового решения.

Но не так думала собравшаяся в зале публика. Он пал на нее, как грубый, ошеломляющий удар. В течение недели она жила одною жизнью с обвиняемыми, она узнала каждого из них лично, проникла в сокровеннейшие стороны его прошлого. Трудно было ей поэтому отнестись равнодушно к их судьбе. Трудно было ей стать на ту точку зрения, на какую так часто становится читатель, узнающий,

---

[28] В действительности Павловскому было зачтено в наказание предварительное заключение: позднее он бежал из административной ссылки за границу.

115

что какая-то неотвратимая беда обрушилась на плечи неизвестного ему лица.

Едва кончено было чтение, в зале воцарилась мертвенная тишина, изредка прерываемая рыданиями.

Взгляды мои невольно устремились на Веру. Она стояла, держась за перила, бледная, как полотно, с широко раскрытыми глазами, с тем недоумевающим, почти экстатическим выражением, какое встречаешь на лицах мучеников.

Толпа стала расходиться медленно и безмолвно.

На дворе играла весна; вода стекала по крышам и спускалась вдоль тротуаров быстрыми ручейками. На смену миазмам врывался в грудь чистый, свежий воздух. Все пережитое за эти дни казалось не более как кошмаром. Трудно было верить в действительность всего случившегося. Как в тумане рисовались облики этих двенадцати бессильных старцев, давно испытавших все радости жизни, теперь с спокойствием и довольством произнесших приговор, которым подкошено было в корне счастье и радость семидесяти пяти молодых существ. Это не могло не показаться всякому горькой иронией.

X

Прошло несколько недель. Вера не показывалась и ничем не напоминала о себе. Я со своей стороны собиралась навестить ее, но как-то все был недосуг.

Однажды в конце мая, — были у меня в этот день гости за обедом и мы только что встали из-за стола, — вдруг открывается дверь гостиной и входит Вера. Только, боже мой! как она изменилась! Я так и ахнула. Всю зиму проходила она в каком-то черном бесформенном балахоне, в монашеском подряснике, как в шутку называла я ее костюм, а сегодня внезапно явилась она в светло-голубом летнем платье, сшитом по моде и подпоясанном серебряным кавказским кушаком. Платье это удивительно шло к ней, и она казалась в нем помолодевшей лет на шесть. Но не в платье было все дело. Вид у Веры был сияющий, победоносный; на щеках играл румянец, темно-синие глаза так и искрились, так и метали огоньки. Знала я прежде, что Вера хороша собой, но что она красавица — не подозревала я доселе.

Большинство моих гостей видело ее впервые. Вход Веры в гостиную вызвал настоящую сенсацию. Не одни мужчины, но и дамы были поражены ее красотой, и не успела она присесть, как ее окружили со всех сторон.

Прежде, когда Вере случалось зайти ко мне невзначай и встретить у меня кого-нибудь постороннего, она тотчас пряталась в угол и слова от нее нельзя было добиться. Дикарка по природе, она инстинктивно сторонилась всякого нового человека, особенно, если подозревала, что не встретит в нем сочувствия к своим идеям. Но сегодня было совсем не то. Вера находилась в каком-то милостивом, любовном настроении; ко всем относилась приветливо и благосклонно. Казалось, что великая радость ключом кипит в ней и так переполняет ее существо, что изливается сама собою на все окружающее.

Прежде для Веры не было ничего неприятнее комплиментов, но сегодня она и их выслушивала спокойно, с несколько высокомерной грацией, отшучиваясь от них весело, бойко и так метко, что я только дивилась, смотря на нее. Откуда берется у нее все это? И светскость, и остроумие, и кокетство! Вот оно, что значит кровь! Думаешь, нигилистка, нигилистка, а тут, глянь, — светская барышня!

Это необычайное зрелище продолжалось, однако, не долго. Оживление Веры вдруг словно оборвалось. Говорливость ее исчезла, в глазах появилось скучающее, презрительное выражение.

— Скоро ли уйдут твои гости? Мне надо поговорить с тобой о серьезном, — шепнула она мне на ухо.

Гости, по счастью, стали расходиться.

— Что с тобой, Вера? Я не узнаю тебя, — спросила я ее, едва мы остались одни.

Вместо ответа Вера указала мне на четвертый палец своей левой руки, на котором я теперь только, к крайнему изумлению, приметила гладкое золотое кольцо.

— Вера, ты выходишь замуж? — воскликнула я с изумлением.

— Уже вышла! Сегодня в час пополудни была моя свадьба.

— Вера, да как же это? Где же твой муж? — спросила я растерянно.

Лицо Веры внезапно озарилось. Блаженная, восторженная улыбка заиграла на губах.

— Мой муж в крепости. Я вышла замуж за Павленкова.

— Что ты? Ведь ты же прежде не знала его! Где же вы успели познакомиться?

— Мы и не знакомились вовсе. Я видела его издали на процессе, а сегодня за четверть часа до свадьбы мы в первый раз обменялись несколькими словами.

— Так как же это, Вера? Что же это значит? — спросила я, не понимая. — Влюбилась ты в него, что ли, с первого взгляда, как Юлия в Ромео; уж не в то ли время, когда прокурор разносил его на суде!

— Не говори пустяков, — строго перебила меня Вера, — о каком-нибудь влюблении нет тут и речи, ни с той стороны, ни с другой. Я просто вышла за него замуж, потому что *должна* была выйти, потому что это было единственным средством спасти его!

Я молча, вопросительно глядела на Веру.

Она уселась в углу дивана и стала рассказывать, не торопясь и не волнуясь, словно речь шла о вещах совершенно простых и обыденных.

— Вот видишь ли, после суда я имела долгий разговор с адвокатами. Они все были того мнения, что дела остальных подсудимых, кроме Павленкова, далеко не плохи. Школьный учитель, конечно, умрет месяца через два или три, но ведь он во всяком случае не протянул бы долго, так как у него злая чахотка. Других же всех пошлют в Сибирь. Можно надеяться, что каждый, отбывши срок ссылки, вернется в Россию и опять примется за дело. Не то ожидало

119

Павленкова. Ему действительно приходилось плохо, так плохо, что почти лучше было бы, если бы его приговорили к расстрелянию или виселице. По крайней мере разом был бы всему конец. А то мучайся целых двадцать лет в каторге!

— Ну что ж, Вера, мало ли кого приговаривают к каторге! — заметила я несмело.

— Да, но, видишь ли, каторга-то бывает разная. Был бы он простым преступником, не политическим, не постарайся прокурор расписать его на славу, ну, тогда другое дело! Послали бы его в Сибирь, и было бы в этом лишь полбеды. В Сибири тоже ведь люди живут. Да и «политических» теперь там так много, что они — в своем роде сила; с ними и начальство принуждено бывает считаться. Теперь, если кого в Сибирь пошлют, он почти что и не горюет — знает, хоть и тяжко там будет, все когда-когда приведется и со своим братом единомышленником встретиться. Все не совсем еще отрезанный ломоть; надежда не покидает. Ну, если кто очень в Сибири стоскуется, при счастье ведь и бежать можно; немало ведь бегало из Сибири. У правительства есть острастка похуже ссылки. Для политических преступников, преступников высшего разряда, для самых опасных существует Алексеевский равелин в Петропавловке. С кем правительство хочет вконец порешить, того оно посылает отбывать каторгу не в Сибирь, а в эту дьявольскую яму. Лежит она в самом Петербурге, на виду, так сказать, у высшего начальства. О

120

попущениях и послаблениях и речи там быть не может. Одиночная система во всей ее строгости. Кто раз попал туда, — все равно, что заживо похоронен. Ни с другими заключенными видеться, ни писем от друзей получать, ни самому им вестей давать о себе не позволено. Исключен человек из списка живых — и все тут. Наше правительство, конечно, не очень церемонится, ну, а все же больно уж часто смертные приговоры подписывать и ему зазорно; что за границей скажут? Ну, вот и придумали этот Алексеевский равелин. Звучит оно лучше виселицы, а в результате то же. Сколько политических уж туда засадили, а и до сих пор не слыхать, чтоб хоть один оттуда вышел. Обыкновенно проходит несколько месяцев, много год-два, и извещают родных, что такой-то или такая-то благополучно преставились, сошли с ума или порешили с собой. Больше трех лет заключения в Алексеевском равелине, говорят, еще никто не вынес. И в эту-то яму проклятую предстояло попасть Павленкову.

Вера остановилась вся бледная от волнения. Голос ее дрожал, и на длинных ресницах нависли слезы.

— Но как же ты-то могла спасти его? — спросила я с нетерпением.

— Погоди, узнаешь сейчас, — продолжала Вера, успокоившись несколько. — Как услышала я, какая судьба предстоит Павленкову, так мне его жаль стало, что и сказать нельзя. Днем ли, ночью из мыслей он у меня не выходит. Пошла я к его адвокату, спрашиваю: «Неужто уж так ничего и придумать нельзя?» — «Ничего, — говорит адвокат. — Будь он еще женат — тогда другое дело, была бы еще надежда! Ведь у нас по закону жена, если захочет, имеет право следовать за мужем в каторгу. Ну вот, будь у Павленкова жена, она могла бы подать прошение государю, заявляя о своем желании следовать за ним в Сибирь, и государь, может быть, смилостивился бы, не захотел бы лишить ее законного права, но, на беду, Павленков холост...» Ты понимаешь, — продолжала Вера, опять впадая в деловой спокойный тон, — как услышала я эти слова, тотчас же мне стало ясно, что теперь надо делать. Надо просить государя о позволении повенчаться с Павленковым.

— Но, Вера! — воскликнула я. — Неужели ты не подумала о том, что для тебя самой будет значить такой шаг! Ты ведь не знаешь, что за человек Павленков, и стоит ли он такой жертвы.

Вера взглянула на меня строгим, изумленным взглядом.

— И ты это серьезно говоришь? — спросила она. — Неужели ты сама не понимаешь, что если бы я не сделала всего, решительно всего, что было в моей власти, я бы тоже стала участницей его гибели. Скажи мне по совести, если бы ты не была еще замужем, неужели ты не сделала бы того же?

— Нет, Вера, право, не думаю, чтобы решилась, — ответила я чистосердечно.

Вера поглядела на меня пристально.

— Жаль мне тебя! — проговорила она в ответ и продолжала: — Во всяком случае мне было ясно, что мой долг — выйти за него замуж. Но как получить на это разрешение? Вот в чем была загвоздка. Когда я сообщила адвокату о моем решении, он воскликнул в первую минуту, что об этом и думать нечего — никогда не позволят. Я и сама не знала, как приняться за дело, но вдруг вспомнилось мне, что есть один человек, который может помочь мне. Слышала ты о графе Ралове?

— О бывшем министре, кто же о нем не слыхал! Говорят, он и теперь, хотя удалился от дел, все еще — близкое лицо к государю! Но какие же у тебя с ним могут быть связи?

— Видишь ли, он нам приходится дальним родственником, но этого мало, главное: он когда-то был влюблен в мою мать, да, кажется, не на шутку. И меня, девочку, сколько раз, бывало, на руках нянчил и конфеты возил. Само собой разумеется, что до сих пор мне и в голову не приходило напомнить ему о моем существовании. Чего мне искать у таких людей, как он! Ну, а теперь я тотчас сообразила, что он может мне быть полезен. Я и написала ему письмо, прося аудиенции. Он ответил немедля и назначил мне час, когда я могу явиться.

— Ну, Вера, расскажи скорей, как обошлось у вас дело? — спросила я с любопытством. — Вот-то, воображаю, огорошила ты старика; порадовался он на свою прежнюю любимицу.

Мне вспомнилось все, что я слышала о старом графе, как

123

он весь теперь ушел в набожность и проводит дни в посте и молитве.

Мудреное, должно быть, было свидание между ним и Верой. И при этой мысли я невольно рассмеялась.

— Нечего смеяться, ничего нет смешного, — сказала обиженным тоном Вера. — Вот ты послушай только, какая я подчас бываю умница, какие блестящие мысли приходят иногда мне в голову, — продолжала она весело. — Ты воображаешь, пожалуй, что я к нему нигилисткой явилась! Ничуть не бывало! Знаю ведь я, что все эти старые грешники, хотя и постничают на закате дней, а хорошенькие личики все же страсть как любят. Как увидят смазливую рожицу, так сейчас растают, в умиление придут, ни в чем ей отказать не могут. Вот я и принарядилась, идя к нему; по этому, собственно, случаю и платье заказала, — Вера самодовольно указала на свой наряд, — а уж вид какой скромный приняла: подумаешь, воды не замутит.

— Назначил мне граф свидание в девять часов утра. Пришла я к нему. Ну уж, скажу тебе, живут же эти вельможи! Для схимника, для смиренника, который грехи свои отмаливать хочет, в таких палатах жить бы не полагалось! У входа встретил меня швейцар с булавой, такой грозный на вид, сам на вельможу похож. Сначала и пускать меня не хотел; показала я ему письмо графа; тогда ударил он в медную доску на стене; в ту же минуту, словно из-под земли, вырос какой-то гайдук, рослый, весь в галунах, и повел меня вверх по мраморной лестнице, уставленной цветами; наверху встретил нас другой гайдук, тоже рослый, провел меня через несколько зал и передал на руки новому лакею в ливрее. Водили меня, водили из зала в зал и из гостиной в гостиную. Всюду паркеты узорные из разноцветного дерева, блестят, как стекло, и такие скользкие, что того и гляди растянешься. Потолки расписные, на стенах зеркала в раззолоченных рамах, мебель штофная с позолотой. И всюду пусто — ни души. А лакей такой важный, идет молча, слова не проронит... Подвели меня наконец к самому графскому кабинету; принял нас тут графский камердинер. Другие лакеи, что прежде меня водили, все были рослые и в расшитых золотом ливреях, а этот — маленький старичок, мизерный на вид, в простом сюртуке, даже как будто поношенном, а лицо умное, хитрое — совсем дипломат. Оглядел он меня пристально, с ног до головы, точно в самую душу мне впиться хотел, потом, не торопясь, проговорил:

— Вы здесь, сударыня, обождите. Их сиятельство граф только что встали, богу молиться изволят.

Оставили меня одну в кабинете. Комната огромная, с одного конца, кажется, и не разглядишь хорошенько, что делается на другом. Только тут уж ни зеркал, ни позолоты не видно; мебель простая, дубовая, всюду темные портьеры и гардины, даже окна полузавешены, так что в комнате царит полумрак. Один угол весь занят огромным киотом, перед которым теплятся несколько лампад.

Сижу я тут, сижу. Страшно тянется время. Графа все

нет! Нетерпение наконец разобрало. Стала я прислушиваться. Из-за одной портьеры слышу — точно бормотание какое-то несвязное доносится. Вот приподняла я тихонько угол — вижу, другая комната, вся черным сукном обита, на католическую молельню похожа; всюду образа, распятия и лампадки; стоит там в углу маленький, тщедушный старикашка, на мумию похож, шепчет что-то, крестится поминутно и поклоны земные кладет, а два громадных лакея с обеих сторон его поддерживают и, словно куклу на пружинах, то опускают на колени, то снова на ноги становят... А один из них при этом еще громко считает, чтобы не потерять из виду, сколько земных поклонов их сиятельство сегодня положить изволили.

Так мне смешно стало глядеть на них, что и робость моя прошла. Только как сосчитал лакей до сорока, на сегодня, значит, довольно, и графа отвели от иконостаса. Я едва успела опустить портьеру и принять скромный вид, — их сиятельство уже передо мною.

Как увидали они меня, тотчас воскликнули: «Господи, да ведь это Алина (мать мою так звали), вылитая Алина!»[29] — и прослезились даже. Стал это он меня благословлять и крестить, а я ему руки целую и тоже слезинку из глаз выжать стараюсь.

Стал мой старик старое припоминать, душой умиляться; а я, не будь дура, все под его тон подделываюсь; о деле —

---

[29] Автор забыла, что во второй главе она назвала мать Веры Марией.

ни слова, а все ему разные сказки рассказываю, как мать моя постоянно его вспоминает, молится и сны о нем разные видит. И откуда это у меня все в ту минуту бралось — сама теперь не постигаю, право!

Размяк его сиятельство совсем, точно кот старый, которому за ухом щекочут. Стал он мне всякие блага сулить; планы разные на мой счет строить. Уж он чуть ли не ко двору меня представлять задумал. Да была, знаешь ли, минута, когда он на место дочери родной меня принять готов был — благо у него своей семьи нет, и жена, и дети — все померли.

Только вижу я, настала, значит, самая настоящая минута. Я вдруг в слезы и говорю ему: «Люблю я одного человека, и если не удастся мне за него замуж выйти, то ничего мне другого на свете не надо».

— Ну, что ж, как же граф принял это признание? — спросила я, смеясь.

— Ничего, сперва отнесся сочувственно; стал меня утешать, чтобы я не плакала, обещал за меня постараться; только как узнал он, за кого я замуж собираюсь, — тут другая пошла история! Рассвирепел старик, слышать ничего не хочет. Совсем переменил тон, с «ты» вдруг на «вы» перешел. Уж не зовет меня ни дитяткой, ни ангелочком, а все сударыней величает. «Если, говорит, сударыня, девице приличной случится недостойного полюбить, то родственникам ее остается только одно: бога молить, чтобы он разум ее просветил». Ну, вижу я, плохо дело, совсем уже было отчаялась.

Вера вдруг оборвала свой рассказ и замялась.

— Ну, что же, Вера, что случилось? Доскажи, пожалуйста, — приставала я.

Вера покраснела.

— Видишь ли, я, право, и сама теперь не помню, как все
это было и что я ему, собственно, сказала, — только...
только он вдруг понял так, что мне *нужно* непременно
выйти замуж за Павленкова, чтобы грех покрыть и честь
мою спасти.

— Ах, Вера! И не стыдно тебе было бедного старика так
морочить! — воскликнула я укоризненно.

Вера поглядела на меня с удивлением.

— Бедного старика морочить, — передразнила она
насмешливо. — Есть чего стыдиться тоже. А ему, небось,
не стыдно! При его-то положении и влиянии на государя,
сколько бы он мог сделать добра, пользы принесть. А он
что? Колотится лбом о землю, в надежде, авось и на
небесах отведут ему такое же тепленькое местечко, как и
здесь на земле. А о других ему и заботы мало. Ко мне он
любовно отнесся, так почему? Потому что рожица моя ему
по вкусу пришлась; старые грехи ему напомнила, кровь его
старую расшевелила. Очень его за это благодарить стоит.
А к остальной-то молодежи, которая гибнет, которую в
Сибири гноят, хорошо он относится? Нечего сказать! Сам
небось на своем веку сколько приговоров подписал!..
Стала бы я его обманывать, если бы с ним было возможно
говорить по-человечески. Но ведь этого нельзя.

Попробуй-ка я прийти и сказать ему просто — спасите Павленкова. Он бы ответил: «Не мешайтесь не в свое дело, сударыня», — вот и весь бы был сказ. Ну как тут не обманывать.

Вера расходилась и вся раскраснелась от волнения.

— Ну, продолжай, продолжай, пожалуйста, — торопила я ее. — Дальше как было?

— Да так. Вначале он страх как рассердился; зашагал по комнате и по привычке всех стариков, когда они волнуются, стал бормотать себе под нос да так громко, что я могла расслышать: «Несчастная девчонка! Забыться до такой степени! Из такой прекрасной семьи! Не стоит она того, чтоб из-за нее хлопотать, а из-за матери придется-таки спасти ее, негодную. Надо будет как-нибудь грех покрыть, чтобы пятна на всю семью не наложить . . . »

Ходит он так по комнате, все бормочет. А я слушаю, и смех меня берет, а вид приходится иметь такой сокрушенный. Сижу, опустив руки, глаза поднять не смею — ну, словом, Гретхен[30] — и только.

Наконец остановился он это передо мной и говорит строго так и внушительно: «Садись, Вера, и пиши сейчас государю, что припадаешь к его стопам и просишь разрешить тебе выйти замуж за твоего негодного обольстителя. Я берусь передать твое прошение и устроить все так, чтобы не было огласки».

---

[30] Намек на героиню *Фауста* В. Гете.

Стала я благодарить старика, но он меня отстранил. «Не для тебя, говорит, делаю, а для твоей матери».

Села я писать под его диктовку, но тут, смотрю, опять выходит загвоздка. Диктует он мне прошение, а о Сибири в нем ни слова не упоминает. «А как же, спрашиваю я, Сибирь? Ведь я в Сибирь за мужем пойду». Старик мой даже рассмеялся. «Ну, говорит, этого с тебя не потребуют; грех будет покрыт, а потом живи себе, где хочешь, честной вдовушкой в некотором роде».

Ну уж испугалась же я, скажу тебе, как эти слова услыхала! Что тут делать? Слишком на Сибири настаивать боюсь, неравно ему это подозрительным покажется и начнет он догадываться, в чем дело. Не знаю просто, как и быть. Только вдруг точно осенило меня. Говорю ему, что от раскаяния, мол, хочу подвиг этот на себя принять, за мужем в Сибирь пойти, чтобы этим грех свой искупить. Ну, это старик мой понял, это в его было духе.

Растрогался он; сказал, что препятствовать мне не станет. «Божье это, говорит, дело!» Благословил меня даже, отпуская, образок со стены снял, мне на шею повесил.

— Ну а дальше, дальше что же было? — спрашиваю я.

— Дальше уже все, так сказать, само собой устроилось. Вернулась я домой, никому ни слова о том, где была, не говорю. Только не проходит недели, как прибегает ко мне моя квартирная хозяйка, вся красная, запыхавшись, подает мне карточку, а сама чуть может говорить от волнения: «К вам генерал приехал, важный такой; прислал наверх ливрейного лакея спросить, дома ли барышня, очень нужно их видеть; а сам внизу в коляске сидит, дожидается».

Смотрю я, на карточке стоит: "Son excellence le prince Gelobitzky,"[31] а внизу карандашом приписано: "de la part du Comte Ralof";[32] ну, я сейчас догадалась, по какому он делу приехал. «Проси», — говорю. Хозяйка моя совсем растерялась: «Ах, батюшки светы! Как тут быть! Генерал такой деликатный! А у нас не прибрано! Да как на беду еще щи сегодня к обеду варим; по всему дому дух капустный идет, так что упаси боже!» — «Ну, говорю, ничего! Будет генерал знать, что мы щи едим. Проси, все равно».

Вот слышу я, подымается генерал по лестнице, а она у нас и темная, и узенькая, и старенькая, так и скрипит под ним; поминутно он саблей за перила цепляет. Ребятишки, какие были в доме, все повыскочили; подойти близко не смеют, а стоят, засунули пальцы, кто в рот, кто в нос, и смотрят на него, как на зверя дикого.

Вот вошел ко мне генерал, не старый еще, так, средних лет, щеголеватый; усы длинные, с проседью, стоят прямо, — видно, напомажены; духами от него так и разит. Отродясь, я думаю, не приходилось ему в такой обстановке быть, только, как светский человек, он и виду не дает, что ему это не в привычку. Хозяйка заторопилась, подставила ему кресло деревянное с обитой ручкой. Он — ничего, как

---

[31] Его сиятельство князь Желобицкий (*франц.*).
[32] От графа Ралова (*франц.*).

будто и не заметил, сел так развязно, как в любой велико-светской гостиной, каску на колени поставил, ногу вперед вытянул, обращается ко мне с любезной улыбкой и говорит: "C'est bien à la princesse Vera Barantzof, que j'ai l'honneur de parler?"[33] «Да, — говорю я, — она самая и есть». Махнул он хозяйке рукой, чтобы она нас одних оставила, нагнулся ко мне, принял конфиденциальный вид и говорит, что прислал его ко мне сам государь узнать, правда ли, что я желаю за политического преступника Павленкова замуж идти и за ним в Сибирь следовать? — «Правда», — отвечаю я.

Вот и начал он меня урезонивать. Как это можно такой молодой, прекрасной девице, красавице такой, губить себя! Да подумала ли я о том, что делаю! Я, русская дво-рянка, выйти замуж за жида-перекреста, за государствен-ного преступника! У детей моих не будет ни имени, ни звания! Сами же они меня попрекнут, когда вырастут!

«Обо всем этом я уже думала и передумала, — говорю я, — а все же решения своего не меняю».

Видит генерал, что я на своем стою. Скорчил он лицо такое доброе, отеческое, глаз даже один прищурил, нагнулся ко мне, взял меня за руки и заговорил шепотом: «Я, говорит, человек не молодой. У самого дети есть. Я с вами, как с дочерью родной, говорить буду. Мало ли чего

---

[33] Я имею честь разговаривать с княжной Верой Баранцовой? (франц.)

с девицами молодыми не бывает! Не вы первая, не вы и последняя! Из-за необдуманного шага губить свою жизнь не стоит. Государь милостив, и граф к вам расположен: много для вас сделать готов. Если и был грех, его иначе покрыть можно, мы вам и другого жениха приищем!»

А я все делаю вид, что ничего не понимаю, только свое твержу: хочу за Павленкова замуж идти, хочу за ним в Сибирь следовать.

Видит генерал, что ничего не поделаешь. Встал, раскланялся и ушел; а я — к адвокату Павленкова, рассказала ему все дело и говорю: «Ступайте скорей к вашему клиенту, сообщите ему, какой мы план выдумали для его спасения».

Через несколько дней пришла и бумага, что разрешается мне, графине Баранцовой, вступить в законный брак с государственным преступником евреем Павленковым после того, как он от еврейства откажется и перейдет в православную религию; а венчать нас будут в тюремной церкви.

Вера замолчала и задумалась. Несколько минут мы просидели, не говоря ни слова.

— Вера, — проговорила я наконец печально, — теперь уже дело сделано и тужить о нем поздно. Ты, очертя голову, бросилась в омут. Но скажи ты мне на милость, как же ты перед свадьбой ни разу не зашла ко мне, не сказала ни слова о том, что затеваешь! А ведь мы с тобой друзьями считаемся.

Вера обняла меня и засмеялась.

— Вот еще чего захотела! — проговорила она весело. —

Да разве слыхано когда, чтобы люди иначе, как очертя голову, в омут бросались! Как же, по-твоему? Когда человек задумает вешаться, так прежде чем голову в петлю сунуть, ему следует всех друзей обойти, благословения у них попросить?

— Так, значит, ты сознаешься, что бросилась в омут? — спросила я тихо.

— Видишь ли, — проговорила Вера, подумав немного, — я не стану перед тобой рисоваться, роль разыгрывать. Я скажу тебе откровенно: в ту минуту, когда пришла эта бумага и я узнала, что все препятствия устранены, добилась я своего, значит, — мне бы радоваться следовало, не правда ли, а у меня вдруг на сердце кошки заскребли. И вот так-то всю неделю, что еще до свадьбы оставалась! Уж я себе и работу всякую и дела всякие придумывала, только чтобы в движении постоянно быть, — не думать ни о чем. Ну еще днем, пока я на людях, ничего было, молодцом ходила, а как ночь придет и останусь я одна, — ну, тут просто беда, начнет сердце ныть, и стану я труса праздновать.

Вот сегодня прихожу я в тюрьму. Впустили меня. Тяжелая, железом окованная дверь захлопнулась за мной с шумом. На улице было тепло, солнце играло, а тут вдруг темнота меня охватила, сыростью пахнуло. Жутко стало на сердце. Подумалось мне, что и счастье, и свободу, и молодость — все я за дверью этой оставила. В ушах у меня даже зашумело, и почудилось мне вдруг, что суют меня в какой-то мешок, черный и бездонный.

Показала я, кому следует, бумагу. Повели меня какими-то коридорами, длинными, бесконечными. Два жандарма шли со мной, один спереди, другой сзади. Из боковых дверей постоянно высовывались какие-то фигуры в мундирах и оглядывали меня с ног до головы с наглым любопытством. Должно быть, весь тюремный персонал проведал о предстоящем венчании, и каждому хотелось поглядеть на невесту. Они, не стесняясь, вслух делали разные замечания на мой счет. Я слышала, как один офицер громко сказал другому: "Ces sacrés nihilistes ne sont pas dégoûtés, ma foi! C'est vraiment dommage d'accoupler un beau brin de fillette comme ça à un brigand de forçat. Passe encore, si l'on avait le droit du seigneur!"[34]

Товарищ ответил что-то такое, чего я не поняла, должно быть, непристойность какую-то, потому что вдруг оба громко загоготали, забрякали шпорами и, проходя мимо меня, нагнулись и нахально заглянули мне прямо в лицо, да так близко, что почти коснулись меня своими усищами.

С каждым шагом на сердце у меня все больше и больше щемило. Признаюсь тебе откровенно, если бы в эту минуту пришел кто и предложил мне отказаться от свадьбы, я бы охотно убежала назад без оглядки.

Наконец ввели меня в какую-то комнату, пустую, с голыми крашеными стенами, с двумя деревянными

---

[34] Эти проклятые нигилисты не лишены вкуса, черт возьми! Поистине, жаль сочетать такую лакомую штучку с разбойником, каторжником. Хоть бы нам к ней первым попасть! (*франц.*)

стульями взамен всякой мебели, оставили меня тут одну и велели подождать. Долго ли я тут сидела одна — не знаю. Время казалось мне бесконечным. В голове все более и более возникало сомнение: хорошо ли я поступаю? Не делаю ли страшной, непростительной глупости! И всего ужаснее было мне думать о нашей предстоящей встрече с Павленковым. Боялась я, что, чего доброго, не узнаю его. И что он мне скажет? Понял ли меня? Я старалась вызвать в моем воображении его образ таким, каким он представлялся мне все прошлые дни, но, как я ни пыталась это сделать, все было понапрасну.

Наконец послышались шаги, дверь отворилась, и два жандарма ввели Павленкова. Как он выглядит, какое у него лицо — я и сказать не могу. Помню только, что на нем была серая арестантская шинель и волосы были подстрижены под гребенку.

Несколько минут нас оставили одних, жандармы отошли в сторону и притворились, что не глядят.

Что между нами было, я помню как во сне. Кажется, Павленков взял меня за обе руки и сказал: «Спасибо, Вера, спасибо!» Голос у него оборвался; я тоже не находила, что сказать. Только, поверишь ли, с самой минуты, как он вошел в комнату, вдруг все мое мучение прошло. На душе стало так светло, так ясно. Сомнений — как не бывало. Я знала теперь, что поступила хорошо, что иначе и поступить не следовало. Нас повели в церковь, поставили рядом, священник взял нас за руки и стал обводить вокруг налоя. И это все мне тоже помнится теперь, как в тумане. Одну минуту, когда пахнуло вдруг сильно кадилом и певчие грянули «Исаия ликуй!», на меня даже забытье какое-то нашло: представилось мне, что вовсе и не Павленков возле меня, а Васильцев, — и голос его милый я услышала так ясно и отчетливо. Знаю я, хорошо знаю, что он бы меня одобрил; порадовался бы, смотря на меня. И вдруг все мне так ясно представилось; вся моя жизнь в будущем развернулась передо мной, как на карте. Пойду я в Сибирь, буду там при сосланных состоять, буду утешать их, служить им, письма их на родину пересылать...

Голос Веры пресекся, и она зарыдала.

— ... И подумать, подумать только, что всю зиму-то я промаялась, ища дела, — заговорила она голосом, звучавшим бодро и радостно. — А дело-то тут, под рукою — и какое дело! Лучшего бы я и придумать себе не могла. Признаюсь тебе откровенно: для другой бы работы, ну хоть бы для революционной пропаганды, для конспирации, я бы, пожалуй, и не годилась вовсе. Уж тут большой нужен ум, красноречие, умение на людей действовать, их себе подчинять, а у меня этого вовсе нет. К тому же постоянно бы меня жалость разбирала, как это я других под опасность подвожу. А вот в Сибирь пойти — это совсем для меня, как есть настоящее дело! И как это все просто, неожиданно, будто само собой устроилось. Господи, как я счастлива!

Она бросилась мне на шею, и мы долго целовались и плакали.

Недель шесть спустя я стояла на вокзале Николаевской железной дороги и провожала Веру в ее дальний путь. Тотчас после венчания Павленкова услали в Сибирь вместе с партией других арестантов. Большую часть дороги им предстояло пройти пешком. Теперь пришло время и Вере пуститься в путь, чтобы встретиться с мужем уже на месте. Она ехала не одна; с ней отправлялись еще две женщины, у которых были — у одной дочь, у другой — муж в числе сосланных. Они ехали, разумеется, в третьем классе, но это был еще весьма роскошный и удобный способ путешествия в сравнении с тем, какой ожидал их впереди. Железная дорога доходила в то время только до границы Европейской России; потом предстояло ехать в телегах или в санях. В самом благоприятном случае, то есть, если никаких особых препятствий не встретится на пути, путешествие должно было продолжиться два-три месяца. А что ожидает их по приезде? Но все трое, казалось, об этом и не думали, все трое были спокойны и как-то торжественно-ясно радостны.

Необычайное возбуждение, в котором Вера находилась в первое время после своего смелого шага, успело улечься, и она опять ушла в себя, опять стала той тихой, мечтательной, несколько скрытной девушкой, какой я знала ее вначале. Она похудела только немного и казалась старше прежнего; но синие глаза продолжали глядеть бодро, смело вперед, и чрезвычайно было трогательно видеть, какими нежными попечениями окружала она своих двух спутниц, особенно ту, которая была постарше. Всех троих связывала, по-видимому, тесная дружба, та дружба, какую только общее несчастье умеет закрепить.

Народу на вокзале собралось много; кто пришел просто из любопытства или участия, а у кого были родственники и друзья в Сибири — хотелось послать им поклон и весточку с отъезжающими. Полиция, разумеется, была в полном сборе.

Мне едва удалось перекинуться несколькими словами с Верой, так как все толпились вокруг нее.

Но когда раздался последний звонок, и поезд должен был тронуться, она из окна протянула мне руку на прощанье. В эту минуту мне так живо представилась та судьба, которая ожидает это прелестное юное существо, что мне сделалось тяжело на душе, и слезы так и покатились из глаз.

— Ты обо мне так плачешь? — проговорила Вера с ясной улыбкой. — Ах, если бы ты знала, как мне, напротив того, жалко вас всех, вас, которые остаетесь!

Это были ее последние слова.